时文
精粹
SHIWEN
JINGCUI

时文精粹 SHIWEN JINGCUI

行走在路上的身体和灵魂

王飙 ◎ 著

煤炭工业出版社
·北京·

图书在版编目（CIP）数据

行走在路上的身体和灵魂／王飙著．－－北京：煤炭工业出版社，2016（2023.1 重印）
（时文精粹／陈勇，吴军主编）
ISBN 978－7－5020－5234－8

Ⅰ.①行… Ⅱ.①王… Ⅲ.①散文集—中国—当代 Ⅳ.①I267

中国版本图书馆 CIP 数据核字（2016）第 053743 号

行走在路上的身体和灵魂

著　　者	王　飙
丛书主编	陈　勇　吴　军
责任编辑	马明仁
封面设计	宋双成
出版发行	煤炭工业出版社（北京市朝阳区芍药居 35 号　100029）
电　　话	010－84657898（总编室）
	010－64018321（发行部）　010－84657880（读者服务部）
电子信箱	cciph612@126.com
网　　址	www.cciph.com.cn
印　　刷	北京飞达印刷有限责任公司
经　　销	全国新华书店
开　　本	710mm×1000mm $^1/_{16}$　印张　14　字数　120 千字
版　　次	2016 年 5 月第 1 版　2023 年 1 月第 4 次印刷
社内编号	8085　　　　　定价　46.00 元

版权所有　违者必究

本书如有缺页、倒页、脱页等质量问题，本社负责调换，电话：010－84657880

序言 | Preface

骑往幸福的单车

王飚

　　自从爱上了单车,我便重拾了昔日的雄风,原本在流逝的岁月里渐失弹性的肌肉群,竟然也在骑行中又一次像丘山一般地隆起,催生焕发生命活力的荷尔蒙,更是像汩涌于山中的泉水,不断地注入机体,从而让心灵中的激情炽燃,创意迸发,生命之曲奏响了更加激越的旋律……

　　几年前,当我决定加入骑行大军的时候,并不是因为我爱上了骑单车,而是骑行者们所拥有的健朗的身形和诗意的远行,让我羡慕,让我向往,让我的热血为之燃烧!

　　我渴望健朗的身形,是因为我懂得:享受生命、成就卓越、追逐梦想,都必须依托于矫健如苍鹰、雄武如猛虎般的躯体!血气盛足,则精神昂扬,我渴望的是生命的风逸和成长,而不是任其在岁月里老去凋萎!

　　诗意的远方,在我的灵魂深处,并不仅仅是指藏之于地平线后面的神秘之境,还有存在于我心底、渴望抵达的期许之地!我爱旅行,我爱探险,我更爱走向梦中的远方,去寻找或遇见另一个自我!生命,是一片苍茫的大海,我不想总是在浅浅的岸边徜徉,我更渴望驶向那无边蔚蓝的深处,去经历另一番浅水岸畔所没有的万千气象……

　　于是,身体日渐走下坡路而心灵也同样趋于颓境的我,开始了骑行的运动,最初,骑个一二十公里,便累得浑身如散架般的疲惫;但是，我知道能在最苦最难的时期不放弃的人才能最终修成正果，半途而废是人生最大的忌讳！

　　日行月移，冬去夏来，我每天下班后或周末，都骑行不止，半年后，每天便可骑行百公里之数啦！接着，我便利用教师特有的寒暑假，骑行大别山，再环微山湖；畅阅了峰岳之奇美，欣赏了清波之秀澈；力的节奏，轮的歌唱，心的浪漫，都在大化的琴弦上，共奏了一曲曲天人齐一、物我不二的交响诗……

　　骑行者是骄傲的，因为徒步总是太慢，乘车快如闪电，唯有骑行，才能尽情地畅享大化自然的美轮美奂！

　　骑行，不但让我频频感受到了融入自然的妙适，更让我感受到了体魄渐强的快慰；最近的三四年里，我不畏身心的极限挑战，往返四千公里、全程骑行了蔚蓝绝伦的青海湖，骑行了山雄水丽、被称为天下独绝的大自然立体画廊的川藏线，骑行了冰川纵横、被称为天路的青藏线！

　　骑行是耗时间的，似乎浪费了生命，但是，我们应该坚信：造物呈现于大自然的曼妙和雄艳，她是渴望我们来穿越欣赏的，你用肌肉的收缩而产生的力来维持运动平衡的骑行，是造物最欣赏的一首生命之诗，所以，凡是你投入骑行中的时间，上天会加倍地在你的寿命中还你，并让你更加翻倍地享受生命的鲜活和幸福！

　　骑行，一次次地把我带到了远方，我在大美的青海湖边遇到了另一个自己，我在宏丽的川藏线上之三江并流的秘境，遇到了另一个自己；我在雪峰林立的青藏线之昆仑山中西王母的瑶池畔，遇到了另一个自己；我在雪域佛国的圣殿布达拉宫，遇到了另一个自己；我在自己已出版的《走向梦中的远方》和《心灵和身体的行走》两书中，遇到了另一个自己；我在《骑行者的浪漫诗旅》的文字里，遇到了另一个自己……

　　亲爱的朋友，如果你有机会读到《骑行者的浪漫诗旅》，你一定能从字里行间感受到洋溢于骑行者胸臆里的诗情画意！你也一定能从书中深深地悟到：我们会在骑行中爱上骑行，因为我们在骑行中会遇到另一个体魄更强健、心灵更辽阔、创意更丰富的自己，我们独自出发，却将用单车载着另一个自己回家，并与之合二为一！

目录
Contents

第一辑
川诗藏韵

引言 ··· 002

一个人的骑行 ···························· 004

天下第一吻 ······························· 006

山雄水丽的二郎山 ····················· 008

智慧的享受过程 ························ 011

客栈兴谈 ·································· 014

绝美风光呈现于攀登之中 ············ 018

山悟 ·· 021

心如跃动于自然之琴上的音符 ······ 023

欣赏美景，需有美心 ·················· 026

诗意的追求，引领诗意的生活 ······ 028

香格宗之夜 ······························· 031

藏胞的快乐之源 ························ 033

一个驴友的感慨 ························ 036

七世达赖喇嘛的出生地 ··············· 039

温馨的藏乡 ······························· 042

美丽比恐惧更有力量 ·················· 045

三江并流之金江沙 川藏分界线 ···· 048

仙境一样的江卡村和卡均村 ········· 051

三江并流之澜沧江旅行，能让最贫穷的人拥有最丰盈的心灵 ·················· 054

没有极限的超越，就没有灵魂高度的提升 ···································· 058

1

孤独是一扇让灵魂自由出入大自然的门……060
三江并流之怒江　美与险的相生……063
通往天堂的路就这么艰难……067
心灵融化于然乌湖畔……070
穿越于崇山峻岭中的帕隆藏布……072
通麦的明月……075
峡谷沉沉，天堑重重……077
走过神仙居住的地方……080
八一镇遇几年前的驴友"小藏迷"……083
行走于尼洋河畔……087
象中有道，景中有法……089
残缺的成功胜过完美的失败……093
慢慢地享受拉萨河大河谷景象……097
拉萨，我来了……099

第二辑
骑行者的浪漫诗旅

浪漫的心灵……102
人生的意义……103
借山河的灵气铸人生的卓越……105
磨难让结籽的欲望更强烈……108
有追求必有青春……110
梦之花孕育命之果……112
气盛则雄，魂雄则霸……116
心活了，生命才生机勃勃……118
命与运……120
梦里的哭声……123
机缘之门……126
路遇地震……128
生命之船的航与港……131
信仰……133
母爱与佛法……138
朝圣者的心……141

青海湖边的祭海台 …………………… 146

青海湖岸的雷雨和飓风 ………………… 150

第三辑
大旅迥韵

骑曲独奏，莫缚于机缘 ………………… 156

逐大而行 ………………………………… 158

大气度，大智慧，大功业 ……………… 160

大运河的随想曲 ………………………… 164

第四辑
骑之诗，行之韵

把玩历史 ………………………………… 168

南塘湖畔的遐思 ………………………… 169

寻路 ……………………………………… 172

山中迷路 ………………………………… 174

古城头眺望八公山 ……………………… 176

风流的时代，风流的人物 ……………… 177

一声叹息 ………………………………… 179

第五辑
骑行的大写意

峻拔的信念 ……………………………… 182

烹制人生 ………………………………… 186

心怡于风中 ……………………………… 189

我的骑友 ………………………………… 191

骑行麦仁店 ……………………………… 193

运动与青春 ……………………………… 195

写意的骑行 ……………………………… 197

乡野的风 ………………………………… 199

敢于挑战自我的底气何来 ……………… 201

魂傲千古，气吞河山 …………………… 204

骑行老庄故里 …………………………… 206

宛丘之上，一画开天 …………………… 210

保持灵魂与肉体的鲜活 ………………… 212

后记 ……………………………………… 214

第一辑

川诗藏韵

引言

  我们常常听到现在很流行的一句话："人生，至少要有一场轰轰烈烈的恋爱和一次说走就走的旅行！"这句话用到骑行上不一定行，因为旅行，你背个包，随时就能出门，但是，你今天买辆车子，明天就想骑上川藏线，肯定不行！为什么？第一，路上车子爆胎和其他毛病，你一点修车的功夫都没有，应付得了吗？第二，川藏线上，几乎天天都要爬上好几十公里的猛坡，天天都要翻一座或者两座海拔都在四五千米的大山，你没有一定的体能、骑技或骑行功底，光靠兴趣和意志力能行吗？

  所以，为了这次川藏线的骑行，我准备了近两年的时间，去年的青海湖之骑，可以说就是这次川藏线骑行的一次演练。中国有句俗话："工欲善其事，必先利其器。"川藏线，可以说是造化赐予我们人类的一道绝美的大自然的立体艺术走廊，我们在骑行中要成就的事，就是欣赏这自然之美，享受这自然之美，让灵魂融入这秀绝环宇的自然之美中，"骑"，不过是载着我们去畅享造化的这场美之盛宴的工具而已……

  但是，也有人把这大自然馈赠于我们的艺术长廊，当成了秀骑技的赛道，把"骑"这个工具，当成了目的，是不是让人觉得有些遗憾？漫漫的长路上，如果不能携着自己的灵魂同往，那么，你的车轮转得越快，就会离自己的灵魂越远，内心也就越是痛苦和迷惘！这就是在川藏线上，骑车上路者众，全程骑完者寡的重要原因之一。

  据统计，能够骑完全程者，不足百分之十；由此可见，川藏线，一路的风光美则美极，但一路的艰险也是难则难极啊！

出发前，我曾写下这样的一首诗：

骑士的拉萨梦

一条迥路，
连着拉萨瑰梦，
两个车轮，
载我朝圣；
身随云飞凤翔，
心伴山舞水动；
穿越三江并流秘境，
尽览香格里拉雄胜！
前轮碾碎挑战，
后轮放歌相颂；
意浩浩，
魂雄雄；
路迢迢，
野横横；
苍天若眷怜，
圆我骑士梦！

当然，这梦也并不是凭空诞生的，几年前，当我还是一个背包客的时候，看到路上有那么多的骑车去拉萨的勇士，我便已动了心，因为做背包客，大都是乘车而行，直驱目的地，而一路的大美山水，才是真正喂养我们灵魂的食粮，背包客却让其都成了眼前一晃而过的烟云，甚至在车内昏昏欲睡中飞掠而去，这不能不说是背包客的遗憾啊！

心动，更需行动！骑行，虽然会迎来更多的挑战和考验，却将给自己带来非凡的人生体验和不同寻常的人生经历，值！于是，我加入到了川藏线的骑行行列之中。

一个人的骑行

7月13日，从成都到雅安

由于没有找到合适的骑伴，我便一个人踏上了漫漫的征程。

这是骑上川藏线上的第一天，也是里程最长的一天，早上从成都出发，晚上六点半到达雅安，码表上显示是170公里。

前半程，一直是一马平川，与平原上的景色无异；但后半程猛坡渐起，以致一个大上坡就有好几公里，路上的风光也陡然生色；特别是接近一个叫名山城的地方时，迎来一个大下坡，13公里，几乎直下到雅安城下，爽极！

一个人的骑行，其实并没有什么可怕的，路上的孤独，可以说正是心灵与自然沟通的桥梁；都说孤独是一个人的热闹，因为在孤独所成就的宁静中，造化会用许多的灵感轻叩你的灵魂，让你在奋力踏车的时候，酣享诗韵绕心的浪漫，许多美妙的念头和创意的思想，便不请自来。所以，在骑行的时候，我常常会停车路旁，把这些被自然之美引发的秀思和妙悟记录下来，也许她们日后有可能发酵成为一篇篇绝世美文或瑰诗呢！一旦飘逝而去，岂不可惜？

孤独，可以说是一个人的灵魂的翅膀，唯有在孤独之中，灵魂才能在大自然的至幻至美的山水间，激情浪漫地自由翱翔！

另外，一个人的骑行，因为前方没有你要追的人，后面没有你要等的伴，所以，你可以轻松地按自己的节奏，踏响行进之曲；漫漫的旅途上，自然可以慢慢地享受路途悦目的风光带来的快感，累了，树荫下站站，或者躺在路边，小憩一刻，打个盹儿；渴了，喝口凉茶，或就地冲杯咖啡，一点点啜饮；遇上好景致，就可以端起相机，咔咔地照上一阵子，高兴了，还可以支上三角架，惬意地自恋一番……

骑行川藏线，一定要让一颗心，好好地领略那一路的大美雄丽，让你的充满艰辛的骑行里透着自己灵魂的快感和舒爽！

天下第一吻

7月14日，雅安至新沟

从成都170公里骑到雅安，晚上睡觉的时候，还热得让人难以入眠，可入夜不久，阵阵冷风便透窗而入，很是舒服，但蚊子太多，还是咬得难受，幸好夜雨来临，空气顿然变凉，枕着雨声，直酣睡到天亮……

早上出发时，天空依然阴沉，不时地还会来阵小雨，道路湿湿，空气凉凉，青衣江，也像还在酣然甜睡、天然无饰的妹子一枚，在轻纱般的薄雾里，隐现着绰约妩媚的姿容……

出发前，还没忘到青衣江边淋着小雨，再转悠一圈，看到临近雅江之上的彩虹桥的一条街上，竟有一尊一对青年男女跪拥而吻的雕塑，名曰："天下第一吻！"一问才知道，原来这尊雕像，是源自雅安市荥经县发掘出土的一个汉代石棺上的浮雕图，这浮雕距今已有1700多年，谓之第一吻，还真不为过呢！

天下相传，雅安有三宝：雅雨、雅女、雅鱼。可惜，我只淋了一场温情的雅雨，便匆匆而去了……

出了雅安不久，便一头扑进了大山的怀抱之中，此时的青衣江，所展露出的便是一个麻辣川妹子的狂野，她像一匹脱缰无羁的小牝马，在幽深的峡谷里奔腾，两岸耸立夹峙的青山，像她爱意深浓的情人，一任她在自己的怀抱里撒娇折腾。

我的车轮逆着江流滚滚而上，虽然一个个陡坡横亘在眼前，一条狭路，危情丛生，让人行之，胆怯心惊，但是，山耸峡深的境势，一直都让人惊艳不已，特别是在思经桥一带，山势雄拔，峡深一线，群峰凝雾，江水生烟，置身其间，真是如梦如幻；俗话说，仙境必在险境处；人在此时此地，多么地渴望能念动真经，请来佛祖的护佑啊！思经，其实，正是临危思安啊！

总的说来，这一天，一直都在山中转悠，耳听江涛唱歌，目接山幽成黛，虽然骑得很累，但心情愉快，尽管山路狭窄，车流如织，可我依然常常紧靠路牙停车，把一个个奇景胜境摄入我的镜头。

这天，路经青衣江之滨的天全县，夜宿新沟，一个被群山紧拥的美丽宁静的小镇子。

山雄水丽的二郎山

　　7月15日　翻越二郎山　新沟至瓦斯沟

　　这天的路途，是川藏线上遇到的第一个较为冲击心灵的挑战，那就是翻越二郎山！

　　在雅安的时候，骑友交口相谈最多的就是二郎山，说它山高坡陡，气候变化莫测，仿佛骑过了二郎山，川藏线上再无险隘可走；所以，大家都是跃跃欲试，决心以骑上二郎山的胜利来奠定赢得其后的任何挑战的信心！

　　我也是俗人一个，在川藏线的骑行刚刚拉开序幕之时，肯定也对翻越二郎山的壮举极为重视，众心所向，往往也是孤意所愿啊！

　　出了新沟，便骑上了攀爬二郎山的征途。山溪淙淙，桥梁重重，峰翠谷幽，烟岚雾清，虽说是首次遇到一个20公里的大上坡，但也并不急于登顶，遇到景致诡奇之处，便驻车拍照，既达到休息的目的，又可细细地品味一番。都说山要远观方雄丽，水要近玩才怡心，虽然置身山中与远观还无缘，但流水喧闹正可润心透魂。川藏线，是雄山与丽水共奏自然交响诗的大舞台，穿越其间，为何不酣畅淋漓地饱享一番呢？

累吗？答案是肯定的。但是，你永远都要明白自己不是纯粹来骑行的，只不过是借骑行让自己也化作一个音符，参与山与水共奏的自然交响诗的演奏之中的，所以，永远都不要因为去拼什么速度，而把灵魂累昏于途中，从而以保持着你这颗音符的鲜活，能跟得上自然交响诗的节奏！因此，在整个的川藏线的骑行中，我从不追求快，从而节省精力，以保证我有足够的注意力来欣赏和体悟大自然的曼妙给我灵魂的圣启！

早上7点从新沟出发，中午11点便骑到了二郎山隧道的入口处，这里会聚了一二百个欢喜雀跃的骑友，一个个都以自己的方式，表达着自己翻越了二郎山的快意。甚至有些骑友，集体合唱起了："二呀么二郎山，高呀么高万丈……"我也不例外，兴奋地支上三角架，摆出各种姿势自拍，以抒发内心……

呵呵，如果大家都知道了二郎山不过是川藏线上一个最不起眼的小山的话，因其海拔高度才不过2199米，大家还会这么兴奋吗？

穿过近9公里长的二郎山隧道，很快，我便置身二郎山的一处最佳观景处，放目四望，群山苍茫，峰岳生烟；云横天际，路缠崖岩；俯瞰山谷，大渡河扑入眼帘，蜿蜒曲折，犹如虬龙，游嬉于天地之间……

远看山雄丽，远看水也妙绝啊！

翻过了二郎山，便是一个20公里的大下坡，上了半天的坡，终于有一个释放自我的机会，手闸稍稍一松，车子瞬间便能加速至五六十码，真有飞翔的感觉啊！这也是川藏线上迎来的第一个大下坡，我有点肆无忌惮，常常车速超过50码，这里路窄坡陡，常出车祸，后来想想，后怕不已，只不过后来遇到的事，让我开始在下坡的控速上有所收敛，这是后话。

原定在泸定休息，在玩泸定桥时，又遇到了在二郎山顶认识的陕西的小夏，看看时间还早，就准备再往前走一段，我们便骑骑停停，一边欣赏大渡河的美景，一边摄影，晚上六点来钟的时候，到了大渡河边一个叫瓦斯沟的地方，听说由此去康定，要上一个26公里余的大猛坡，刚翻越二郎山，谁还会傻傻地再去爬这个大坡呢？过于透支体能的蠢事咱是不干的，川藏线的漫漫长路，还在后面等着自己呢，不争朝夕！

于是，便和小夏在瓦斯村里住了下来。

智慧的享受过程

7月16日　瓦斯沟至康定

听了一夜大渡河的歌唱，清晨的阳光，还在大山的背后徘徊之时，我便出了瓦斯村，抬头便可望见一轮残月，依然挂在山崖间那片晶蓝碧透的天空上，怎不让人心头涌着诗意呢？

然而，现实常常会像一个吞噬一切激情与浪漫的黑洞，横亘于前路的任何一座大山，一个大坡，往往就是几十公里，诗意，常常就在这样的爬坡中，淹没于汗水里啦！

贯穿于川藏线的318国道上，"坡哥"（骑行者对猛坡无奈的畏称）的脸色，其冰冷无情，可谓展露得淋漓尽致，也许只有在你精神崩溃，乘着汽车逃离时，他才会偷偷地露出一丝得意的讪笑！

这情景，在我看攻略的时候，就已了解了一个大概，所以，从我骑车出了家门的那一刻起，便已经给自己立下一条绝不容背离的规矩：不管路况如何云谲波诡，宁可推车到拉萨，也不得乘车半步！因此，骑行的途中，坡哥也是对我施尽了手段，想逼迫我低头。然而，我一直一副软硬不吃的傻样子，爬坡时，骑不动就推车，根本就不考虑像其他一些骑行者那样选择乘车逃离，坡哥虽然不是太高兴，却也无计可施呢。

谁骑上了直通康定的26公里的大长坡谁知道其陡峭程度，比骑行二郎山之坡的难度大多啦！爬坡时，车子的前牙盘，一直都运行在最小的轮上，而后牙盘则一直都运行在最大的轮子上，用力蹬车的时候，总会听到牙盘把车链咬得"格格"直响，不管如何用力，其速度也就只有6码左右，也就是说与步行的快慢没有多大的差别，这样算来，如果再加上休息和摄影的时间，那么，这一个长坡，就得用差不多6个小时……

踏车上山，一个"慢"字带来的无奈，没骑过山路的人肯定感受不到！

昨天刚到瓦斯沟的时候，有骑友鼓动着强进康定，当时就已晚上6点多了，如果再骑上6个小时，走夜路不说，还不累个半死啊？过分地透支体能，就会积劳成疾，拉萨，还在近2000公里之外，且有20多座海拔都在5000米上下的大山要攀爬，面对变幻莫测的漫漫长途，一旦身体出了偏差，岂不是要前功尽弃？所以，我宁愿逍逍遥遥地骑完全程，也不要半途而废！骑到拉萨，我就是成功者。半道出局，不管你有着多么完美的理由，都掩饰不了你是一个失败者的事实！

智慧地享受过程，不急于求成，你一定会成为一个灵魂丰盈的成功者；匆匆地奔向结局，即使你站到了终点，你的灵魂也一定会因为缺乏过程的滋养而羸弱的有着失血的苍白！这对于人生卓越的追求者来说，是一个放之四海而皆准的真理！

26公里的一个大上坡，其实，在以后漫长的川藏线上，不过是川菜中的小菜一碟。但是，对于初尝这道川味小菜的骑行者来说，确实被它辣得够呛，有辣晕的，那些经不住挑战而乘车去康定的便是；有辣残的，那些受不了坡哥的折磨，从此退出骑行的便是！当然，也有越辣越勇，拼尽蛮力向前的便是……

我不在这三种人之中，我骑得中规中矩，不紧不慢，不急不缓，我在这骑行的大军之中，既不是最弱者，也不是最强者，体能属于中等，但骑向拉萨的韧劲和意志，我自认是最强者行列中的一个！我甚至想："如果我不幸途中病倒了，不得不退出来，但是，明年，我也一定会重新骑上这个征途！"

苍天怜见，途中，我只是得过一些小病，不需要我明年再一次地踏上这一征程！

这天的骑行，一直都在上坡，除了躬身踏车的专注，已很少有抬头赏景的情趣，路上，有一次看到贡嘎雪山，从峰岳之间探出头来，那片晶莹剔透的纯白，映现于天空宝蓝无瑕的背景中，诗意的心骤然间被唤起，眺望许久，兴奋了好一阵子，可灵感不敌疲惫，诗终没酿出，只好拿出相机拍摄一番。接着，继续蹬车吧，途中若再停车，就是单纯为了喘口气或休息啦！

从瓦斯沟到康定，26公里的大上坡，将海拔高度抬升了1000多米！坡哥啊，你真是一个需要我们翘首仰望的巨人哟！

接近中午1点的时候，到达康定。

客栈兴谈

到康定，住进了藏胞泽仁的客栈里。但是，接待我们的却是一个有些瘦削却非常精明的汉族小伙子，从他那文雅的举止和干练的言谈中，我觉得他不像是个打工者。也许，他看出了我的狐疑，就自我介绍说："我也是来骑行川藏线的，同往的朋友还没到，这几天闲着也没事，就给老板帮点忙。"

每天晚上，我都要在随身带的平板电脑上写下骑行笔记，以免时间长了，把某些骑行中的细节忘掉或弄混；我住在楼上，Wi-Fi的信号实在太弱，便坐在楼下的吧台旁侍弄，小伙子看我捣鼓完了，就说："是不是发的骑行笔记？"我点了点头，他说："我能看看吗？"

其实，每到住处，我都会写与发笔记，同住的骑友，并没有一个对此产生过兴趣。小伙子的这句话，让我有点惊异，于是，我把自己的QQ号给了他，让他自己去我的空间浏览。

他看了一会儿，有些兴奋地说："你是老师，还是作家啊！"

我只是笑了笑，我想，在陌生人的面前，也没有必要说自谦的话了，今天的萍水相逢，也许，就是一生的偶遇吧。

小伙子也不客气，马上在手机上打开他的博客，上有几篇他从成都骑行到康定的笔记。然后，他把手机递给我说："我叫小杰，也喜欢写作，就请老师指点一下吧。"说罢，他去接待新来的客人去了。

小杰的文章都不长，很快便读完了，他的文字虽然还算不上成熟，但他文字里涌动的激情和思想，正彰显着他渴望进取和追求卓越的灵魂；人，从来都不是生而卓越，而是因为拥有了一个炽烈的追求卓越的灵魂，才最终成就了自我卓越的人生！作为老师，我永远都将年轻人所拥有的这样的灵魂视为瑰宝，不管他是不是我的学生……

这天入住客栈的人并不多，小杰在我旁边的沙发上坐下来，他说："老师，作为一个年轻人，面对未来，我很迷茫，你是一个作家，能给我一点忠告吗？"

看着小杰那双燃烧着期待的双眼，我知道在这个晚上，我能告诉他的东西，应该是极为有限的，那就来点最富有本质内容的话吧。我说：

"一个人的心态，对其未来人生的影响，可以说是至关重要的，不管你将来想在哪个方面或方向上有所突破，都不能不对自己的心态好好地审视一番；而心态，又分为聪明型与智慧型两种。聪明型的心态，往往会引领你走向优秀；而智慧型的心态，却引领着你走向卓越！聪明，是本能的产物；而智慧，是心灵的产物；所以，拥有聪明型心态的人，总是会极力地打造人生外在的强大，而拥有了智慧型心态的人，则更趋向于不断地打造自己内心的强大！

"聪明型心态的人，一旦走到了优秀的层面上，便会不断地追求完美，因为怀有这种心态的人更注重外在评价，任何瑕疵都是他们所不能容忍的东西；而智慧型心态的人，一旦走到了优秀的层面上，他们寻求的往往是某个方面的突破，以往的准备都是为这个突破所做的奠基，所以，他们不在乎完美，只在乎创意，在乎内在的觉悟！

"智慧型心态，应该说是脱胎于聪明型心态。但是，却有着本质的差别，就如蛹化蝶变一样；比如你喜欢写作，聪明型心态，可以引导你走向优秀的作者群里，而智慧型心态，则更可能引导你向走大师级的行列之中！不仅写作如此，一切皆然。

"为什么说聪明是本能的产物呢？因为上天让我们生而为人，便已赋予了我们各种关乎生存方面的灵性，比如，饥餐渴饮，趋利避害，争强好胜，等等，这些灵性总和的集中表现，便是人的聪明度；以这种本能的聪明型心态，成就的人生功业，他们都会炫耀为自身本能的延伸或强化；一旦一个人所关注的东西，超越了本能或原欲，而转移到了灵魂或精神的层面上，那么，他的心态也就会从聪明型渐渐地走向智慧型了，智慧型，会让人有一个不断壮大自我、超越自我、成就自我的过程，而这个过程，恰恰就会成为你的整个的生命过程，这也是一个追求无止境，创造无止境，觉悟无止境，快乐无止境，幸福无止境的过程！

"聪明，是上天赐予生命的一把利剑，所以，拥有聪明型心态的人，渴望成为一个能战胜一切的剑师；而智慧，则是宇宙万象汇聚人的内心世界之后，经过灵魂的淬砺和熔融，而形成的能够孕育创意、悟识和妙觉的泱泱之水，所以，拥有智慧型心态之人，他们就会把自己的渴望、梦想和希冀铸成帆船，让她乘着这泱泱之水，驶向自己向往的彼岸！

"如果说拥有聪明型心态的人，是想把本能所具有的潜质发挥到极致的话，而拥有智慧型心态的人，则是把本能的潜质当成生命的琴弦，把灵魂当作琴师，从而在人生的岁月里，演奏出一曲精妙绝伦的生命交响诗……"

最后，我说："因为我读了你手机里的几篇文章，所以，才在我的心里酝酿了这些话，也许，对你以后的人生岁月会有帮助吧！"

听了我的话，小杰深深地叹了口气说："老师，如果不是今天遇到你，也许，我今生今世都难以听到这些充满智慧的话语；如果你不介意，就收下我这个学生吧！"

我笑了笑说："呵呵，我们还是做朋友吧。"

因为第二天要翻越雄拔入云、落差有 2000 米的折多山，便早早地休息了。我以为这一别就是永别了，谁知 27 天后，当我刚刚骑行到达拉萨时，竟然又收到了小杰的短信，他说，他四天后将骑到拉萨，让我一定等着他，他想在拉萨见到我，再和我痛痛快快地畅聊一次……

遇到了这样的年轻人，我有什么理由不等呢？

绝美风光呈现于攀登之中

❧❧❧

7月17日　翻越海拔4300米的折多山　康定至新都桥

骑行川藏线，可以说是挑战天天有，考验时时来；你想要看到别人看不到的美景，你就要走到别人走不到的地方。

在康定的时候，我还天真地以为穿越了二郎山，爬上了一个26公里的大上坡，未来的路便将是一马平川一片光明啦！在没走过的路前，我们总是会过高地估计自己的能力，过低地估计路途的艰难……

出了康定，川藏线上，第一座要翻越的海拔在4000米以上的大山——折多山，便横亘在我的面前，峭拔的陡坡，盘山而上，像一条无限延伸的长链，被从一座山峰甩到另一座更高的山峰之上。骑行在重重大山之中，前路一片苍茫，不知真正要翻越的最高的那个垭口还有多远；当你累了站立路旁喘口气之时，偶一回眸，会顿然发现那些已被你踏在脚下的山峦，谷幽峰净，别开洞天；那来路的奇景妙境，算不算是上天给攀登者心灵的一份慰藉？

都说美景在路上，如果我们的眼睛只关注着前面峰顶的风光，那么，在自己苦苦行进、躬身爬坡的过程中，忘记了那回眸的一望，是不是会有人在蜜中，却不曾品尝一口透人心魂的甘甜的遗憾？

骑上了距康定十五六公里的折多塘村，海拔已从2000多米升到了3000多米，翠茂黛浓的树林，渐渐地消失于视野，代之而呈现于眼帘的便是满山遍野的碧幽青绿的高原牧场。天蓝，云白，山清，峰碧，大自然就是这样，以极端的色调，冲击着骑行者的视觉……

然而，随着树林悄然消减的还有一样看不见摸不着的东西，那就是氧气。随着海拔高度的增加，我先是感到胃肠不适，接着气也越来越短，越是接近4000米的高度，越是能感受到高原反应的烈度，头痛、气喘、四肢无力；在这个高度上，如果空身行走，倒还不觉得什么，但是，只要双脚一用力踏车，那气短得根本就喘不过来，只好推车而上！

有人说，骑行川藏线，不仅仅是体能的挑战，更是一个人意志的挑战！因为我这车一推就是30多公里！在这30多公里的上坡中，有多少意志崩溃的骑友，连车带人，都上了当地藏民专门做这些骑友生意的汽车呢？网上一直都在传说：川藏线上，100个骑友中，最终只有10个左右是全程骑到拉萨的！

我知道我必是这10个人中的一个！

当然，推车也有推车的好处，虽然四肢无力，气喘吁吁，但是因为慢，便有更多的机会举目四望，从而在双眼不断的扫描中，也可顺便把迷人的山景谷韵摄入镜头……

路上，也有人说："累死不推车！"我说："与其骑车累垮，不如推车玩耍！我们的目标是拉萨，不需要逞一时之强，真累死了或累残了，还谈什么骑到拉萨呢？不管多么完美的失败，都不如差强人意的成功！在大自然面前，我们最好以认输的心态，来赢得对自我的挑战，这样，我们才能更怡然自得地享受一路的大美致境！"

从早上八点，到晚上六点，经过了整整十个小时的努力，我终于到达了海拔4300米的折多山最高的垭口！

下山的时候，因为路平弯缓，我又来了一次酣畅淋漓的大释放，后来查看码表，最高时速竟然曾达到过63.7码！

虽然一直在下坡，但路两边的景致很快又唤回了我的理性，马上收闸勒车，款款而行，心动之景，立马拍摄入镜。新都桥一带，一直都被称为"色友"（摄影爱好者）的天堂，身历此境，才知果不其然！只见道路两旁的青山，真是绿得纯粹，绿得碧透，绿得入魂；一条小河，蜿蜒于两山之间，座座藏式的小楼，掩映于河边的树丛中；大山滴翠，溪中流莹，经幡峰头飘，佛塔谷中耸；长天云影白，大地风烟清……

此情此景，是梦是幻？

都说充满了探险意韵的旅行，是身在地狱，心在天堂！地狱，当然就是路上这充满疲惫的瞬间，但天堂，却将成为心灵世界里的永恒！超值啊！

晚上八点，到达新都桥镇，住下。这一天十个小时的爬坡，体能严重透支，四肢冰凉，浑身发冷，赶紧用热茶冲了一包感冒冲剂，用两床被子把自己严严实实地捂在床上，发了汗，身上才舒展一些，胃里才有了一点食欲。

山悟

　　折多山，是川藏线上的骑行者们遇到的第一座海拔在4000米以上的大山，更要命的还是一座垂直落差最大约2000米、其坡最陡的大山。一般来说，平原上的来客，进入4000米以上的高原，要以休息为主，可骑行者就是来挑战自我的，休息哪能成为他们的这一挑战中的主旋律呢？

　　出了康定城就是爬坡，开始的时候，还能勉强骑车而上，可渐渐的，头也痛了，嗓子也干了，胃也不舒适了，腿也软了，气也短了，高原反应袭来，你可奈其何？既然咱闯入了高原，便要听天由命了！

　　谁说命运都是掌握在自己的手里？认命，也是一种智慧啊！骑不了，咱就推车吧。每看见一个山口，便会有人告诉你："垭口快到啦！"让你精神为之一振，这给气喘如牛、躬身推车的骑士们带来了多大的心灵安慰啊！

　　然而，到达了山口你才会看到又有一个山口，正远远展现在你的眼底呢！失望吗？肯定有点，但是，我会默默地告诉自己："过一个山口，就会少一个山口，最后的那一个垭口，终将到来！"

随着海拔越来越高，身体对高原反应的承受度也越来越接近极限，而这个时候，那些专门做意志崩溃的骑行者生意的藏胞，总是会开着车顶专为装自行车特制的汽车，一边徐徐地从你身边开过，一边问："上车吧，前面的坡还长着呢！"此时，我会对自己说："坚持！一定要像一个朝圣者一样，用自己的双脚，来丈量川藏线的每一寸土地，用镜头记录下每一片美丽的风景，绝不可以投机取巧！"

山口过多了，山口的诱惑，也渐渐地失去了魔力，后来，我只是在机械地对自己说："不要被幻象所迷惑，只要不停下脚步，真正的垭口，会被自己踩在脚下！"

再后来，高原反应，让我竟然有了梦幻般的感觉，我觉得自己不是走向垭口，而是走向幸福，甚至有那么一刹那，我感觉自己正走向梦中的情人……

我一步步地蹭着向前走，也不知又转过了几个山口，在山中爬坡10个小时之后，终于来到了经幡飘舞、天空谷旷的垭口，望着那写着"康巴第一关　折多山　海拔4300米"的石碑，我想我们渴望中的成功，其实不也是这样的一座山吗？只要我们不被诱惑所动，不被幻象所迷惑，像一个信念坚定的朝圣者一样，坚持着一步步走向前去，怎么会有到达不了的垭口？

登上了垭口，心境骤然舒爽，多少艰辛都在这一刻化成了无限的风光！

人生也是这样，只要我们的目标坚定，不停地攀登向前，那挥洒一路的汗水，就会成为我们生命之曲中最美妙的音符！

心如跃动于自然之琴上的音符

7月18日　新都桥

　　昨天的折多山，一下子让骑友们彻底地领受到了大山的狰狞！其实，真正让骑友们难受的不只是坡哥，高海拔处的稀薄空气才更折磨人于无形呢。即使是训练有素的登山运动员，在攀登世界高峰的时候，常常还会产生幻觉，甚至会被这种幻觉所控制而失去理智，这都是缺氧所致；由此看来，我昨天在山顶处的幻觉，也并非个例。在聊天的时候，许多骑友也曾谈到了自己这种梦幻般的体验……

　　自成都骑上川藏线，第一天，便是170公里的长路，其间，还穿越了夹金山的脉系；接着，翻越了二郎山；康定前面那个26公里余的大上坡属于大雪山；特别是这个折多山，一个坡，就让人整整爬了十个小时；这大大小小的四座山，让我们这些寻常只是在平原上素骑的骑友们，一下子开了大荤，由于荤腥太重，各个都显得有些消化不良；因此，许多骑友，都选择了在新都桥这里休整一天，一来这里环境优美，二来吃住便宜，三是新都桥的海拔（3600米）与拉萨相同，正好用来缓解高原反应带来的不适，四是消减疲惫，为未来几天要翻越的那些海拔都在四五千米的一座座大山，做好必要的心理准备！

早上一觉睡到自然醒，早餐后，到镇子上溜达，人流中，也有很多像我这样闲散的骑友。镇子不大，走着走着，就到了镇子外，越过一条拉着许多经绢的小河，远远看到一座绿色的山梁上，大大地写着藏传佛教的六字箴言，因为这箴言的内涵是："让我的灵魂与佛祖融为一体吧！"所以，我特别喜欢，因为我常常祈祷："让我的灵魂与自然融为一体吧！"

佛，在宗教的层面上是神，但是，在信仰的层面上，他更像是主管着自然界中万物运化无常的被老子称作"道"的化身吗？有些神，是供奉在有形的殿堂里让信仰者膜拜。有些神，是供奉在无形的精神殿堂中，那就是"道"。宇宙万象，运化有序，皆因有这个"道"的主宰。我不相信有前生，也不相信有来世，但是，当下的人生，只要我愿意依"道"而行，成、败、荣、辱、进、退、卓、庸，哪一种，不是我们人生岁月里，可赞可叹、可圈可点的生命之诗？在生命的过程中，我特喜欢"经历"二字，生命的鲜活，应该是通过人生的经历来体现出来的；一条直线，无疑让人感受到的是它的苍白与呆板，而一条曲线，便能尽展其优美和动感；山雄壑空、峰兀峡幽的景象，被诗客骚人称为大块文章，而这大块的文章，在丹青大师的笔下，就是那尺绢织的气势夺人、美轮美奂的曲线与色彩之奇韵啊！

人生有了经历，便不再是一条苍白呆板的直线啦！所谓享受生命，这"享受"二字的内涵与实质，其实就是在创意地开拓人生经历时所产生的这条优美的人生曲线！

漫思之中，我沿着一条通往那座坡上写着六字箴言的青山小路走去，很快，一座红墙金顶的寺庙映现在我的眼前，走进去，里面空荡荡的没有一人，原来还是一座尚未完工的寺庙，便绕着寺庙漫步，无意间，看到山下一队晚起的骑友，正沿着318国道，骑出了新都桥，看着他们远去的身影，禁不住感慨万端……

不知从何时开始，进藏的路上多了一道亮丽的风景，那就是骑行客！他们有的从成都出发，有的从昆明出发，有的从西宁出发，也有走"丙察察线"的，等等，但目的地都是直指拉萨。他们选择了这充满艰险的挑战来考验自己，应该说这是人性中最值得赞美的抉择；人，只有赢得了自己，才能最终赢得世界！

前四次进藏，我都是背包客，在路上，看到那些追风而去的骑行者们，我曾经一次次地动过心，感觉他们中的每一个人，都是跃动在大美川藏、滇藏、青藏之曲中的一颗音符！那时，我就不止一次地对自己说："总有一天，我也将成为这些美妙音符中的一个！"

我来了，也算是兑现自己曾经的一个承诺吧！自出发以来，一个考验接着一考验，虽然我知道自己是那种不会被轻易打败的人，但是，我也知道自己的躯体，不是钢铸铁打，在大自然的面前，一定要有一颗敬畏之心，所以，我常常从灵魂深处祈祷：愿自然之神，赐我意志、力量和健康，让我这颗音符能完整地参加到这一曲川藏交响诗的演奏之中！

回到住宿的旅店里，美美地睡了一场午觉，我一个人又骑着自行车，优哉游哉地沿着新都河逆流而上，不时地把那一路如画的风景摄入镜头；当然，我特喜欢自拍，把自己融入自己喜欢的景色里，是我最大的爱好。

这里是高原，刮点小风，便冷得透骨，我虽穿了一件较厚的衣服，仍冻得不行，只得赶紧回旅馆加衣了。此时，妻子打来电话，说家里现在正热浪滚滚，暑气蒸人呢！

欣赏美景，需有美心

7月19日　翻越海拔4412米的高宗寺山　新都桥至雅江

　　新都桥的夜，宁静而温馨，半夜时分，朦胧之中，听到窗外淅淅沥沥下起了小雨，天亮了还在滴落；吃了早餐，出发的时候，天上依然云低雾浓，雨意袭人，许多骑友，都是全副武装，钻进了雾气大、雨滴小的旷野之中；谁知出门便是上坡，踏了一会儿车，外面的雨不大，雨衣之内，却是汗水横溢，权衡得失，一个个又都把不透气的雨衣脱了下来……

　　出了新都桥镇，天地间，又是山绿野翠，溪壑蜿蜒，峰岳腾跃，云漫烟舒，不是画廊，胜似画廊，虽然雨水还在飘洒，但我依然忍不住要拿出相机"咔嚓"几下。

　　景色虽美，但很快便骑上了一条超烂的上坡路，泥石相杂，坑坑洼洼；这是一条山路，通往海拔4412米的高宗寺山垭口，因为正在修隧道，这路将面临废弃，所以，也只是勉强能维持通车而已。骑上这烂路不久，雨又大了起来，路滑坡陡，大货车又多，时常得下来推车，路窄险仄之处，真让人有命悬一线之感……

　　路烂让人无奈，坡陡得更让人无奈，我正小心翼翼地骑在雨中奋力地爬坡，突然一个女骑友，紧蹬几下车子，追上我很严肃地说："大哥，你的车胎没气啦！"一听这话，我的头皮直发麻，心里一惊：在这山高坡陡、处处泥泞的雨地里，若爆了胎，可真是要命的事啊！我急忙停车路边，仔细查看，谢天谢地，只是胎内的气不那么足罢了。

　　看来新都桥的修整，还是有成效的，前天在翻越折多山时，海拔才 4300 米，便已举步维艰了，今天高宗寺山垭口的海拔在 4400 米以上，我差不多是一直骑到垭口的，呵呵，虽然骑的速度并不比推车快多少，但是，这说明高原反应对我来说，已缓解多啦！

　　过了垭口，竟然还有几公里的缓上坡，其后，便一路而下，但是，在这超级的烂路之上，谁敢放闸？时速超过 10 码，一个坑洼或凸触，就有可能把你掀翻在泥水里或山底下，并且，还真有一些性急的骑友，稍一放闸，便被摔得不亦乐乎，所以，一般时速，都控制在 7 码左右，就这，也甩得浑身是泥，颠得难受……

　　大概是在过了正在修的隧道处后，新修的道路顿时变得宽平，盘旋在山间，煞是美丽，开闸放行，那才真叫畅爽啊！然而，好景不长，天又落起雨来；开始时，我以为只是要下一阵儿而已，便没在乎，谁知越下越大，我上身穿的是冲锋衣，倒还没事，可下身很快被雨水浇得透湿，冻得我浑身发抖，骑了好久，才好不容易见到一处正在建的房子里，赶紧换上雨裤，才有所缓和，一问前路，告诉我还有 20 多公里，此时，已困乏饥渴至极，便掏出压缩饼干吃了一小块，又冲进了雨幕里，继续向前，到了雅江，已是晚上五点多钟了，恰好，有两个骑友从我身边经过，便对我说："朋友，现在住下还早，一起到香格宗休息吧！"

　　我知道，香格宗，就在距雅江县城 17 公里的地方，可是，就是这 17 公里，却让海拔陡升了 1000 多米，这个坡哥，既猛又凶啊！天已晚啦，我哪里还敢再去惹他啊？今天又累又饿的飙哥，还是避他三分啦！何况川藏线上的大美之景，怎能用疲惫的身心去欣赏呢？川藏线，不是骑行赛道，而是大自然的鬼斧神工雕凿的诡异而曼妙的艺术长廊；有人曾在阿尔卑斯山的山口处看到一块牌子上写着："慢慢走，欣赏啊！"我们的川藏线，其景其美，阿尔卑斯山的风景，百不及一，哪能不慢慢地欣赏呢？

　　在雅江，随便找家客栈就住了下来，当然，这里民风淳厚，住哪家都一样。

诗意的追求，引领诗意的生活

7月20日　雅江至香格宗

在雅江住的宾馆，窗子临江，一夜的江涛之声，像一支曼妙的摇篮曲，把我带入甜美的梦乡，一觉醒来，已是早上六点多钟了。

昨天实在太累了，骑行笔记没写，便坐在床上补了。

自从过了康定，便没了无线网，连短信也发不了，据说，是康巴一带正在军演，路上也确实看到一队队的军车时常轰隆隆地驶过，这可苦了我们这些已经习惯了用QQ、微信、博客等与外界交流的骑行客……

我的平板电脑，是骑行川藏线出发前不久买的，为了写作方便，我还配了一个蓝牙小键盘，开始的时候，在小键盘上用五笔打字，极不习惯，现在已经得心应手了。我自小就有写字的障碍，笔画总是弄得像虫爬的一般，也不知为此挨过多少打，被老师敲过多少次手，初中的时候，还专门找来字帖练过一阵子钢笔字，可关键的是，我一写字，心里就毛躁异常。手不能做过细的活儿，比如择鸡毛，我一看到死鸡身上那密密麻麻的细毛，我的头就大了，心理也崩溃了，所以，遇到母亲让我做这活儿，我宁愿挨打，也不愿干……

　　人说，造化弄人，还真有点，我有写字障碍，上天却让我爱上了写作，最初，每次看到稿纸上拥挤的小格子我都心烦意乱，即使稿子誊好了，也是毛病百出，字丑无比，好不让我绝望……幸好天无绝人之路，上世纪的90年代，电脑打字社开始出现在我们这座小城，这让我在刹那间看到了光明；那时，我的月工资才不过百元，我却成功地说服了妻子，花了6000多元（这是当时一套房子的价格），给我添加了电脑和打印机，家里的钱不够，一个朋友主动为我垫付了两千元；我知道自己有写字障碍，所以，我一上手，便学了五笔打字。

　　假如没有电脑，我肯定成不了作家，写作若没有什么进展，我的旅行激情，肯定早已灰飞烟灭啦，估计也没有了现在怀着一颗激赏之心，在川藏路上诗意禅韵地骑行！

　　所以，诗意的追求，必将把你带入诗意的生活之中！感谢上天，每次在我绝望的时候，都会让我看到光明和希望，这让我对上苍怎不怀着一颗感恩之心呢？

　　我赖在床上不起来，是因为我知道这天的任务就是一个17公里的大上坡到达香格宗，尽管落差是1000多米，也不会造成什么心理压力，就算一直推车，5个小时之内也能到宿地，所以，直到早上9点多钟，我才出了雅江城，在雅江桥头看到一辆已载满自行车的小客车，停在路边，这批骑友是要乘车到理塘啦……

　　其实，经过了几座大山的折腾，路上的骑友，早已没有了刚出成都时成群结队、前呼后拥的壮观了，虽然骑程不过才五分之一，但真正还骑在路上、没有乘车、没有被淘汰、没有因种种原因而退出者，估计已不足半数了吧。随着时间的推移，这个数字还会减少。川藏线，考验的是人的综合素质，任何一个短板，都有可能让你在这条路上坚持不下去……

　　说心里话，即使是像我这样意志坚定、体能中上的人，每天也是小心翼翼地祈祷着上苍，别让疾病或种种意外把我淘汰出局。如果我还骑行在这条美妙绝伦的属于大香格里拉的风景线上，不管多么艰难和险恶，都应该从心灵深处感谢苍天和神灵对自己的恩顾！所以，每次看到那些写在大山之上的藏传佛教的六字箴言，我都是会毕恭毕敬地默默诵："让神灵与我的灵魂融为一体吧！"

去香格宗的路，一直都贯穿于大山之中，虽说一路的风景奇美，但其坡也陡峭无比，许多地方，不得不推车而上，这也有一个好处，因为走得慢，可以低头细细地观看一些骑友在路面上写的感言，有叹坡陡的，有叹力不从心的，有叹路远的，种种不一而足吧；有那么一个时刻，心中一动，也想写下："我翻越的是一座座拦在哥心灵之上的大山，我将到达的是哥心中的那座圣城拉萨；一座座大山，给哥的是无限的风光和胜境，而我心中的那座圣城，给哥的却是无尽的考验和挑战！两者，给哥的都是生命的至宝：人生的阅历和体验！"

可惜，我没拿那种水墨笔，只能默默地把这话写在自己的心灵深处！

大约是在一点半的时候，到达香格宗村。

香格宗之夜

在这个神秘的夜晚,命运之神把我这个流浪者引领到了川藏线上、大香格里拉腹地的一个宁静的小山村——香格宗!

我独自一人,悄无声息地坐在藏胞兄弟泽仁郎甲的门前,整个世界,仿佛陷入了无边无际的黑漆漆的虚空之中,我仰望天空,知道云的帘幕正阻断着星星投向大地的好奇的目光……

黑暗中,我听到了来自村前的那条溪流的歌唱,这从远古直唱到今天的歌谣,穿透岁月,曾在多少人的鼓膜上振荡?我来了,我还要去,就像那些曾痛饮过你的清漪的人们,你可还曾记得他们的音容笑貌?我是你的一个过客,也许你不会在意,可我这个流浪者,却会把你的歌声永远地铭记在心灵的深处!

黑暗里,我听到了牛儿的低吟,那"哞哞"的鸣声里,是充满着爱的呼唤,还是倾诉衷肠?是对山野的渴望,还是迷途上的叹息?我们人类,总是在不断地追寻着生命的意义,那么,这些以自己独特的语言表达着自我的生灵们,是否也在寻觅?

风,像造化手中的一把扫帚,转眼间清除了天空中的最后一片云翳,朗朗的星光,让紧拥着村庄的大山,有了绰约可辨的轮廓,朦胧之中,那映衬于湛蓝天宇的曲线,更有了诗意的幽韵,静静的凝望之中，心中会涌起阵阵说不出的感动！厚重的山岳，她含精吐华，为每一株小草和每一棵树木提供了安身立命之地，为我暂置身于此的这个小山村里的藏胞，提供了不尽的滋养，让他们能得以世世代代的休养生息于此，也为我这个偶尔流浪于此的不素之客提供了庇护之所……

铺着澄湛透魂之蓝的天空上，星星仿佛一直都试图用她神秘的光语与我交谈，也许，真的有那么一个时刻我听懂了，她们好像在说："造化所缔造的一切，皆有其存在的意义，你之所追求，所经历，所涉猎……无不是这意义存在的体现，灵魂的使命，便是让生命之光，淋淋漓漓地辉耀于天地之间，只有这样，你才会活得心安……"

我的生命之光是什么？是不是就在让我激情为之燃烧、为之奋斗的文学创作之中？我像风一样经过这里，不也正是为了给自己的文字注入山的灵性和水的气韵吗？

在这个静谧的香格宗之夜里，我静静地聆听着天语，像一个躺在母亲怀抱里的孩子，安静地听着母亲喃喃的细语，可我的灵魂却在燃烧！

藏胞的快乐之源

7月21日　翻越海拔4659米的剪子弯山和海拔4718米的卡子拉山　香格宗至一五八道班

这是川藏线上最具挑战性的一天，除了上坡，几乎没有什么下坡……

早上起床，便有藏胞司机揽生意："去理塘吗？路上要翻越两座海拔近5000米的大山，要累死人的！"一个女骑友估计翻山翻怕了，便和司机谈起了价格。我出门时，看到泽仁朗甲的客栈前有两辆面包车的车顶上，都已装满了自行车——今天的路上，又要减少多少骑友呢？

八点多钟，从香格宗出发，便沿着盘山路爬坡而上，溪流潺潺，山道弯弯；某一个时刻，自山崖俯瞰山坳里的香格宗，风岚烟净，如诗如画，一座座醒目的藏式小楼，沿着溪谷错落有致，宁静而又安谧，真的就像是一处世外桃源啊。

继续攀登，原来我们盘旋而上的山路，便在眼底形成了一幅特别冲击视觉的图案，好似一条盘龙，游动于青山之中，当地人给它起了一个非常动听的名字：天路十八盘。

然而，过了天路十八盘之后，便是烂路了。当然，出了门有路可走，就要谢天谢地了，因为再烂的路，都能把你带到目的地；路再烂，路边都不缺少美丽的风景，所以，不必抱怨，只需要对路怀着一颗感恩之心，一边向前，一边赏景。

大约是在中午11点，到达了尖子湾山海拔4659米的垭口，好不让人兴奋，以为这座山之后，便可很顺利地到达宿营地红龙乡；稍作修整、拍照，接着下山；让人意想不到的是这个下坡特短，觉得还没放开车闸，坡就没啦，很快又转为上坡；骑行在4000多米的高原上，最怕的就是爬坡，一用劲，便气喘如牛，小嘴张得像瓢似的，鼻子，就像是个摆设，根本用不上……

当然，如果说海拔在4000米以下，山的阴面还会有一些树林，那么，到了四千三四百米以上的地方，差不多就是清一色的高原草场了，天蓝得纯净，云白得鲜洁，草青得碧透，风清烟岚，一望无碍的牧场上，映入我们眼帘的常常是山坡上吃草的牦牛和山顶上的经幡。

空旷山野的神秘性，往往是宗教的助燃剂，生存在这广袤牧场里的藏民们，心里除了他们的牦牛外，便是对神灵的崇拜了，所以，有牧民的地方，那山坡上除了悠闲吃草的牦牛外，一定还有飘扬的经幡、煨桑的白塔，偶尔还能看到写在大山之上的六字箴言，这些东西，便是藏民内在灵魂的外展，除了对大自然和神灵的感恩，他们对这个世界并没有更多的诉求，所以，他们的脸上总是挂着满足快乐的笑容，这笑容，也是开自他们灵魂的花朵。

在山路的一个转弯处，我看到一块路碑，上写"卡子拉山，海拔4718"。刚翻过一座4600多米的大山，现在，又要翻一座4700米以上的大山啦！人在途中，前路上你所遇到的一切，都是你必须接受的命运，艰难的爬坡，应该说正是命运之神在带你去看寻常人看不到的风景之幸呢，如果你自作聪明，乘车溜了，那么，这一路的美景，你失去了欣赏的机会，可能就是永远失去了！命运之神就是这样，她让你承受得越多，给予你生命的财富就越丰厚；你逃避命运，其实，你正是在逃避自己生命中最美的东西！我们说许多人聪明反被聪明误，其内涵就在这里吧。

人在旅途，可以放任思想的野马无拘无束地驰骋，就像那在草原上随意挥洒的清风，一边骑行，一边漫思……

在爬卡子拉山的时候，一团浓云突然从身后的山上被一阵狂风推了过来，大雨夹冰粒直落而下；在这高原之上，本来就寒气逼人，一旦被雨水淋透了衣服，那可就是要命的事啦！赶紧套上雨衣，但冰冷的雨珠透过雨衣，还是让你感受到入骨的寒意，旷野之中，连个避雨的地方都没有，其雨雹之猛烈，根本就没有让你往身上加衣服的机会，直到冲出雨区，我才加了件绒衣，有点暖气，身上才好受一些！

此后，海拔越来越高，嘴张得像拉风箱一般，气短得再也骑不动车子了，一直在上坡，只好推啦！这一推，又是好几个小时。推车也有一个好处，因为慢，所以，可以细细地观察和欣赏这一路的风光，可以欣赏到森林向草原的过渡，可以欣赏到高原牧场那满山遍野的墨绿，可以欣赏到成群的牦牛如绅士般悠闲地漫步……

再难爬的山，总有上到顶的时候；下午五点多的时候，终于到达卡子拉山海拔4718米的垭口，然而，由于这里是高海拔地区，落差小，根本享受不到飞车而下的畅快。值得安慰的是，下山的路上，尽是青绿无边的草场，悦目极了！

肚里却饿得发慌，早餐后，这一天的行程中才补充了一小块压缩饼干，身在高海拔之处，饿虽饿，却没有什么胃口，此时饿极，再补上一小块，缓解了肚里的问题之后，再一路向前，骑到晚上七点来钟的时候，到达可以宿营的一五八道班。这一刻，吃与住对我的诱惑已到了极致，虽然离预计的宿营地红龙乡还有十多公里，可我再也不想往前赶了，我的体能早已处在透支的状态，便毫不犹豫地把车子一掉头，拐进了道班……

一个驴友的感慨

7月22日　一五八道班至理塘

一五八道班，孤悬于海拔4000多米的高原牧场之中，举目四望，绵绵的山丘，青碧无边，一条小溪从门前蜿蜒流过，特别是在夕阳下或晨光中，整个大地如绿海泛波，色彩柔黄，与天空中的宝蓝与洁白形成了鲜明的对比，即使是在天地相接之处，她们依然荡漾着自己的个性；如果此时，你手持相机，按动快门的那一刻，心里一定会非常纠结，我是以天空为主调来抒写内心，还是以大地为主旋律来表现灵魂呢？

其实，当人的心灵与自然真正融为一体的时候，我们会忘记自己的存在，置身空旷广袤的山原大野中，心灵里也会空空无无，宛若生命汽化了一般，哪里还会有什么纠结呢？

尽管很累了，吃饭前我还是被美丽的夕阳撩拨得不能自持，走出道班，沿着清溪徜徉，不断地让眼前的美景在镜头里成为永恒！

虽然时值盛夏，但高原的晚风其凉无比，风不大，却寒意甚浓，我被冻得瑟瑟发抖，看着山坡上优哉游哉吃草的牦牛，心中竟然陡生了几分艳羡，咱不是牦牛，还是赶紧回宿舍加衣去吧！

早餐吃的是老板自誉"川藏第一面"的杂酱面，早晚餐的费用包含在50元的住宿之中，虽说是一大碗，但对于骑行者来说都不够，可以加面条，而想加让这面条能风味独特的酱就不给了，所以，几个年轻的骑士，便拿出榨菜来就白面条吃。

道班地处河谷，出了门就要爬山，因为空气稀薄，只要一蹬车子，便开始张开大嘴吸气，深深地吞下，急急地吐出，接着再吸下一口。这样的充分利用和开发肺功能的深呼吸，一天里所达到的次数恐怕比在家三年里能达到的次数都多，我的朋友河北省作家马德，在我的博客看到这情况，无比感慨地说："飙兄，你真是有福之人啊！你能用大香格里拉深处如此纯净的空气，天天如此透彻地洗肺，真让我辈羡煞也！"

这次的川藏线之骑，别的收获不说，单就对肺的开发和保健，就功不可没！出门骑行苦虽苦点，但是，想想给身心所带来的无穷益处，怎不让人意快神怡呢？

人行于高原牧场，一路让人陶醉的，都是绵延不尽的绿，空旷无边的蓝，溪在谷底流碧，云在峰头缠绕，牦牛如黑星，牧包似白莲，经幡风中飘，箴言写山巅……

经过红龙乡的时候，我在路旁拍照，不小心让镜头盖掉进了下水道，手伸不进，又没工具，急得我团团转，一个在一五八一起住的骑友到了，想帮我把下水道的盖子揭开，结果没弄动，我又找到了一根铁丝，才在他的帮助下打捞成功。

过了红龙乡，在一处下坡的转弯处，觉得这里地广人稀，便放闸溜坡，我正骑得得意洒脱，突然，从对面弯处钻出了一辆飞快地切着中线骑行的摩托车，冲我而来，我急点刹车，车把拧了几拧，两车紧擦而过，如果我骑的速度再快一点点，刹不了车子，后果不堪设想，吓得我停车路旁，望着飞驰而去的摩托车，半天才缓过气来，禁不住想："这要是被撞死或撞残在这半道上，我的人生，还有未来吗？"这件事，让我在以后的路上，再不敢那么肆意地放闸溜坡了！

路上，遇到一些徒搭的背包客。他们之中，总有女孩子，因为纯爷们儿拦车的时候，难以引起司机的关注，而那些青春年少的女孩子，多少能唤起司机的一些怜惜之心。在香格宗的时候，有一个徒搭的男孩，与我住一个房间，他说："今天本来是准备去理塘的，可是一天都没拦下一辆车，看看天晚了，还是花几十块钱坐车到这里的。"他感叹说："我的驴友，是和他女朋友一起出来的，每次都是他的女友拦车，现在，他们都到了芒康啦！"

休息时，遇到三个徒搭的背包客，其中两个是女孩，清纯可爱，招人喜欢，见了我，其中一个女孩子说："今天非常顺利，一个藏族司机把我们带到这里，还请我们吃顿饭呢！"我一高兴，支起三角架，和他们合了个影。

下午两点多钟，当我从山上远远地看到山下的理塘时，心里慨然而叹道，理塘，我又一次来了！过去，当我从这条路上经过的时候，都是坐在车里昏昏欲睡，那一路的大美胜境，偶尔从车窗里看一眼，也是一晃而过。这次，我要让这里每一寸的曼妙秀色都化为我灵魂的滋养……

七世达赖喇嘛的出生地

7月23日　理塘　七世达赖喇嘛的出生地　仁康古屋

理塘这个名字，曾经因为被称为情歌王子的六世达赖喇嘛仓央嘉措的一首诗而名震四方，他写道："洁白的仙鹤啊\请借我一双翅膀\我不会飞得太远\最多只到理塘。"

仓央嘉措从没到过理塘，但是，因为对一个叫卓玛的女孩之爱，理塘成了他魂牵梦萦的地方，所以，理塘这个名字因之而闪耀着爱的光芒。

24岁的仓央嘉措在青海湖神秘失踪之后，因为无法根据他死时头的方位去寻找转世灵童，所以，人们只好根据他的这首诗到理塘寻找……

因为这种种的缘由，理塘成了藏族群众争相朝拜的康南第一圣地，成了美丽的毛垭大草原上一颗炫目的明珠。虽然以前我曾两次从这里匆匆而过，但也只是走过而已，这次骑行来到这里，准备在此休整一天，以弥补前两次的"匆匆"之憾。

从一五八道班到理塘70多公里，因为一直都是骑行在4000多米的海拔之上，虽说一直都是上上下下的坡，却没有那种让人绝望的大长坡，所以，下午三点来钟便进了理塘的东门。住下后，休息到黄昏时分，和同住的成都小伙子去长青春科尔寺转悠，但由于天晚光线不好，没能拍出自己满意的照片。

吃了早餐，朝阳辉耀大地，可头顶上的一块乌云却不住地落着雨珠，在我的提议下，又和成都的小伙子一起骑车来到长青春科尔寺。这座古寺是400多年前由三世达赖喇嘛创建，寺内弥漫的香烟，有潮水般流动的转经人群，也有在一旁磕长头的信民，他们的面容平静、微带笑意，能让你感觉到信仰正如一道美丽的阳光，温暖着他们的灵魂，让他们时刻都能感受到神的关爱和恩宠；特别是寺右的那座玛尼石堆如小山一般耸立，金色的经文，在阳光下灿然生辉；新拓建的两座比肩而立的大殿，背依青山，俯瞰全城，可谓雄哉壮哉！

小伙子说他感冒了，忘记吃药，回旅店了，我便一个人转悠，在一个路口处看到一块牌子上写着"理塘老街，仁康古屋"，顺着一条碎石铺就的清静的街道走进去，迎面碰到一些老人，在围着一座藏式古建筑转悠，心下疑惑："这些老人，在做什么？"推着车子走过去，看到一个围着一棵杨树的玛石堆，呈放射形拉出的经绢随风飘飘，煞是好看，便拿出相机狂拍一番，不想在转身的刹那，竟然看到身后的那幢古建筑的门额上挂着一块牌子，上写"七世达赖喇嘛出生地"！

"天啊！"这两个字在我惊异之时脱口而出。仓央嘉措的转世灵童、七世达赖喇嘛竟然就诞生在这里！我现在，就站在这出生之屋的大门口！

在日喀则的扎什伦布寺里，看到仓央嘉措的老师五世班禅罗桑益西的灵塔时，我的心里是充满感伤的，而在七世达赖喇嘛格桑嘉措的出生地，我的心里却充满了惊异！

五世班禅桑结益西是仓央嘉措的老师和知己，格桑嘉措则是因为仓央嘉措的一首诗中有"最多飞到理塘"的诗句，而成了仓央嘉措的转世灵童，继而成为西藏最伟大的达赖喇嘛之一，因为他在位的 20 多年里，不但帮助清政府平定了珠尔默特那木札勒的叛乱，维护了国家的统一，并且，开启了西藏政教合一的地方行政管理制度……

既然来到了七世达赖出生的宅院门前，岂有不拜之理？走进大门，一个胖和尚正在古屋里打扫，我站在门外问："能进去吗？"胖和尚抬起头来，看了看我说："能进。"

于是，我抬脚就要过高高的门槛，胖和尚命令般地说："脱鞋！"我急忙把脚落下，脱掉鞋子，又要进，他已走到门里，用手拦住我说："脱帽！"我看着他那一脸的严肃笑了笑，把帽子从头上摘下，扔到门外，进了屋，正要直接走到七世达赖喇嘛的像前，他又拦了我一下说："按顺时针转着走！"我说："遵命！"

空荡荡的古屋里，布置得像座庙宇，壁画、堆绣、唐卡、塑像，各种神器，让古屋里充满了神秘的气氛，我小心翼翼地走着，不时地在壁画前站站，总觉得身后有一双眼睛在盯着我，直到有人来寺中奉献什么，他才去迎接，趁此机会，我来到七世达赖喇嘛的像前，恭恭敬敬地双手合十，闭目含额，献上我的敬意。

出了古街，我又去了理塘著名的白塔寺……

温馨的藏乡

7月24日　理塘至禾尼乡

理塘至巴塘，将近190公里，中间还要翻越危机四伏的海拔约4700米的海子山，并且，要穿越6条没有灯光照明的隧道，更让人恐惧的是网上一直相传，这座山是抢劫多发地，一定要结伴而行，所以，不管传说的真与假，骑行在外，以安全为主，人们只好宁信其有，也不敢掉以轻心，这190公里的路程，绝大部分骑友都分为两天骑，这个中间点，便是毛垭大草原腹地的禾尼乡……

从理塘出发，让理塘人引以为傲的毛垭大草原便在眼前铺展开，山野青绿一片，时有黄花灿然其间，牦牛如黑星点点，牧包像朵朵白莲，远山渺渺，溪水弯弯，只是正在雨季，云翳遮蔽了天空，从而失去了那冲击视觉的湖蓝，照片，便也失去了几分的美感，好处是，没有高原大太阳的照射，一路骑行，清爽凉快。

到禾尼乡的时候，才中午12点，遇到几个很牛的骑友，会聚在路边，准备再等一些人，一起翻越海子山去巴塘，我知道自己的能力，若是骑到巴塘，又将累得不亦乐乎。在这样美如画廊的川藏路上，还是不争朝夕的好啊！

于是，便找到一家客栈，早早地住下了，当时客栈里就我一人，肚里饿得受不了，就去找老板想弄点吃的，老板是个年轻人，说让他老婆给下碗面条，可他老婆在睡午觉，不起来，老板就掀开自家的锅，说是自家焖的牛杂，问我吃不吃，我一看有肉吃喜不自胜，便让老板给盛了一小碗，老板娘说要付钱的，我先说这一碗10元，她摇了摇头，我又说15元，她没出声，我对年轻的老板说："你老婆同意了，晚上收住宿费（50元住宿中包早晚两餐），我多给你15元。"年轻的老板笑了笑，给我又拿了一个馒头，开心地说："这个，你给多少钱？"我大笑一声，拿了馒头，端了菜，就到宿舍吃去了，晚上，他并没让我多出钱。

骑友们陆续到来，老板家的几十个床位都不够，因为下雨，帐篷里不能住，有几个人还住进了老板的屋里。一个年轻的骑友，在翻越剪子弯山和卡子拉山时没带雨衣，穿的冲锋衣不挡雨，给淋病了，鼻涕一把泪一把的，感冒特厉害，还不住地咳嗽，就住我旁边的床位，估计，我就是在禾尼乡被他传染的感冒，几天后我开始咳嗽，直到拉萨都没好。

小伙子一住下，就向我诉说他感冒的原因："前天出了香格宗，中午刚翻过剪子弯山不久，一阵雹雨直落下来，我没带雨衣，以为身上的冲锋衣挡雨，不承想，没有一点用，浑身被透进来的雨水弄得冰凉，山风一吹冻死我了，浑身颤抖，加上高原反应，我一点力气没有了，那一刻，我知道我要是再骑下去，非死在卡子拉山上不可！正好有藏胞的车过来，我就一直坐到了理塘，今天直睡到中午，我才起床骑到这里。"

此时，小伙子还正发着高烧，问我有没有退热的药，我只有感冒冲剂，他说他也是感冒冲剂，我帮他用开水冲了，让他躺下休息，盖上被子发发汗，他掏出手机打电话，没电了，问我的可不可以用一下，我递给他，他拨通后说："妈，我现在到了理塘的禾尼乡，身体非常好，向你老人家报个平安。我的手机没电了，是用同住大哥的手机打的，不能聊了。"说完就挂了。

明明发着高烧，却说自己身体非常好，我知道他是不想让母亲为自己担心啊！

晚上，吃的是盖浇饭，浇米饭的菜是牦牛肉炖土豆，开始的时候，以为是一人一份，不够吃，有人便去找老板加饭加菜，又端回了大半碗，一看能加菜加饭，骑友们轰地喊一声："老板万岁！"便冒着雨排队到厨房去加，呵呵，我也不够吃，并且，在我加的饭菜中，还有两三块牦牛肉呢，美哉！

美丽比恐惧更有力量

7月25日　禾尼乡至巴塘　翻越海拔4675米的海子山

禾尼乡的夜晚,沉浸在夏雨的奏鸣声里,门外便是浩瀚无边的黑暗,骑友们此时正在谈论着一个共同的话题,那就是关于横亘在巴塘前面的海子山,传说这山里,可是抢劫的高发之地,住在不同宿舍的骑友们相互串联,商量明天早餐后,大家一起出发的事,因为安全是骑友们的共同需要,所以,大家一拍即合……

我早上起来的时候,朝阳未升,霞光先至,举目东方,如燃如炽;朦胧的大地,镏金的天空,让我的心里充满诗意的感动,为了能逮住这一瞬,让它成为永恒,我马上退到屋里,拿出相机,"咔嚓咔嚓"拍了一阵子,等我拍完了,才听到有人在我身后惊叫:"快来看啊,多美的天空和草原啊!"

出发前,为了不给传说中的劫匪可乘之机,我把放在车前包里的单反相机,特地收进了车后的驼包里;在我看来,相机,是我眼睛的眼睛,是我心灵的心灵,因为它的存在,那些曾经撼动我灵魂的大化之美,通过它摄取的画面,便能一次次地把我唤回到自己曾经置身的那片空旷之中;我们不能创造世界,但我们可以创造让自己与这个世界共舞的命运。镜头，所呈现的一切，往往只是这命运之舞的一个瞬间，或一个片段，但是，它把我们曾经创造过的人生，固化成了诗意的永恒，并且，这样的永恒，我们还将继续创造下去……

我知道自己骑行的速度不快，当别人还在组织大伙儿结伴而骑的时候，我便提前出发了。晨晖里的毛垭大草原所呈现的景象，太让人动心啦！朝阳艳丽，山原同色，那一望无际的青绿中，泛着柔柔的金光，带状的哈达云，悬挂于山腰，澄碧的天幕，透着宝石般的纯蓝；此情此景，哪里还管他什么劫匪不劫匪啊！从驼包里掏出相机，痛痛快快地过把摄瘾吧！

一路前行，路遇同住禾尼乡的田老师，他也是一个摄影迷，便结伴而行，相互壮胆，不断地把这一路的美景，一次次地拉入镜头之中，尽管赶上来的骑友，一个个从我们身边飞驰而过，可我们并不急着去追他们……

上午10点来钟，骑到了海子山海拔4685米的垭口，这里已经聚集了先到的20多名骑友，后来者，也都主动地停下来，等待那些体弱力薄的上来，很快，垭口前便聚集了几十个人。传说中的危机，竟然让天南海北的骑友听命于一人，各路骑友报说了自己的人马都到齐了之后，指挥者一声出发的命令，刹那间，大队的骑士，呈一字长龙，从垭口鱼贯而下，前面有人控制速度，后面有人收尾，中间还有人负责传达口令，甚至还有人带了哨子来控制行与停，有人开玩笑地说："我们这阵势，哪里是逃避打劫啊，简直就是一支骑行剿匪队啦！"

其中一个细节很让我感动，在一个上坡的时候，由于视觉之误，我把上坡看成了下坡，蹬车的时候，特费力，以为是车胎爆了，便闪在路旁，停车检查。指挥看到了，马上吹哨，并高喊："有人掉队，停止前进！"他马上骑到我身边问："怎么啦？"我检查车子，没发现问题，就笑了笑说："我的感觉出了问题，车子没问题，走吧！"只听他一声长哨，大队接着又运动起来……

这些素不相识的人，能在危境之中，如此地相互照顾，把弱者的安全视为己任，人性之美，在海子山中的展现，能不让人感动吗？

其后，在每一条黑黑的长长的隧道前，骑友们都会主动停下，大家一齐通过；在过情人湖的时候，那里如诗如画的风景太美了，许多骑友，流连于那里的如一双天眼般澄明的湖泊，流连于湖波映雪峰的绝美画境，不想离开，大部队便分成了许多小分队了，我也是最后离开情人湖的骑友之一，失去了统一的组织，骑行便恢复了常态，三人一群，二人结对，或单打独斗，我是独自一人穿越的最后两个隧洞的，洞内一片漆黑，空无一人，除了不断呼啸而过的车辆，哪有什么劫匪的影子？

据一位比较了解情况的当地人说，以前，海子山里的一些藏胞小孩或小伙子，确实有向骑友索取钱财、糖果或他们认为好玩的东西的现象，只不过被一些人将他们夸大为抢劫的"匪"了，现在，经过治理，这样的事情，也不会发生了……

过了海子山的情人湖之后，一直骑行在大山之中，峰高峡深，溪水奔腾，景色还是奇秀无比的。可惜的是在禾尼乡的客栈里，老板只发电照明两个小时，没来得及充电，相机的电池用尽了，没能被镜头收藏，遗憾！直到巴塘，才有机会充电。

三江并流之金江沙　川藏分界线

7月26日　翻越海拔4150米的宗拉山　巴塘至芒康

巴塘的海拔只有2000多米，出发的时候还下着小雨，闷热至极，一直在爬坡，穿上雨衣骑行，汗水横溢，特不舒服，所以，骑友们宁愿被小雨淋着，也要把雨衣脱掉……

出了巴塘，便进入了三江（金沙江、澜沧江、怒江）并流的奇景秘境，穿越这一被称为世界地理奇观的绝美胜域，需要差不多一周的时间，能用单车来一寸寸地收揽这一路大化精心谱写的江诗峡韵，也算是为生命之曲写入了一段雄宕宏放的旋律！

骑出巴塘，一直在上坡，但是，318国道一进入巴楚河峡谷，路坡霎时逆转，顺流而下，快爽如风；人行峡谷中，耳听溪波吟，抬头山有景，低眉水含韵。很快，巴楚河便汇入了金沙江中，逼仄的峡谷，顿时变得宽敞；沿江而下，总觉得金沙江像一个沉稳骄矜的贵妇人，虽不屑于卖弄，但优雅的风姿却自流于骑行者的眼底，在频频停车摄影的时候，遇到一个车上挂着醒目小旗子且喜欢摄影的骑友，其后，我们便天天在途中相遇，他就是东北的令狐老弟，特喜欢听他那一口东北腔吼出的"兄弟，你好"！

下坡的路，总是让人觉得眨眼间就飘飞而过去了，很快，就来到了金沙江大桥所在地：竹巴龙镇，那里有一块碑子，特别扎眼——"十八军进藏渡江点"。

这哪里只是一块牌匾呢？分明是一段伟大的历史，一段岁月里的风流！

1949年中华人民共和国刚刚成立，西藏当时的葛厦政府，在西方敌对势力的怂恿之下，竟然给毛泽东写信，说自己是一个独立的国家，并且，在这同时，不但驱逐了所有在藏的汉人，还由西方人操纵，准备向联合国提交"独立宣言"……

一个新的政权，就这样不得不面对一场突如其来的考验！

当时，国家尚未完全统一，西藏葛厦政府便趁政局混乱之机，企图达到分裂国家的目的，在这种情况之下，中央急派正在大西南与蒋军作战的十八军入藏，准备以军事作威慑、以政治协商为手段，和平解决西藏问题；然而，葛厦政府却杀害了派去谈判的代表，并派重兵把守西藏的门户昌都；在和平之路被黑洞洞的枪口堵死的情况下，十八军毅然渡过金沙江，先派遣一部，迂回至敌后，截断了藏军的退路，然后，苦战十余日，全歼藏军的主力于昌都，此一役，奠定了和平解放西藏的基础，避免了国家的分裂！

我默默地从这块标牌下走过，心中却回荡着那一段鲜活的岁月！那标牌，是一个警钟：任何一个分裂国家者，都不会有好结果！在一些特殊的历史时期，一方诸侯，要求爵位、封赏，甚至是要求扩大自治权，都有可能被当局所容忍而达到目的，但是，若是要求裂土分疆，破坏国家的统一，永远都只能是自取灭亡！

过了金沙江大桥就是西藏境内啦！我的诗旅，从这里告别了四川的山山水水，拉开了雪域之骑的大幕！

离开了金沙江，318国道开始沿着大山深处的一条咆哮浑浊的山溪逆流而上，水的落差虽大，只要是沿溪而上的路，都算是缓坡，骑着也不是太累人，还可以随意地倾听波涛的歌唱，仰望青山的各种造型之美。不到中午12点，便到了温泉山庄，许多骑友都喜欢在此休整半天，以积蓄力量，第二天爬一个52公里的大坡——海拔4150米的宗拉山。因为前一段骑得太轻松，便忽略了这个大坡的能量，我和路遇的小李、田老师一商量，他们说："不就是50多公里吗？走吧！"

一路骑过去，坡不是太陡，路上的景色也美，车随山转，景随路变，赏心悦目，惬意非凡。下午四点，到达海通兵站，一打听，到宗拉山的垭口还有20多公里，便在路边的商店里泡了一碗方便面，喝了一瓶可乐，继续向前。过了一个叫拉色顶的小村子后，大山骤然间仿佛陡立了起来，猛坡凶相毕露，各种车辆，都在狂吼着缓缓地向上攀爬；消耗了一天的体能之后，我深感蹬车的吃力，不得已，便改成推车啦！看看前前后后，也有许多骑士像我一样在推车呢。就是有人在骑车而上，也并不比推车快多少……

不管什么事，都有两面性，推车虽慢，但可以慢慢地欣赏随着高度的增加，大山顺次呈现的景色的变幻，并把这景色摄入镜头。骑车就不行了，由于全部的精力都集中在脚踏子上，有景也不能看啊，更别说摄影啦！

20公里的大陡坡，我推了近四个小时，直到快八点钟的时候，才到达海拔4150米宗拉山的垭口，此时的宗拉山上，正下着大雨，冷得透骨，因为还有七八公里的下山路，我又给雨衣内加了一件衣服，在下山的过程中，我还是冻得浑身发抖，两手掌着车把，暴露在雨中，那冰冷带来的疼痛，真是直钻骨髓啊！人在路途，又有什么办法呢？

到达芒康县城，天都快黑透了。

仙境一样的江卡村和卡均村

7月27日　翻越海拔4370米的拉乌山　芒康至如美镇

川藏之美，非亲身历之，无以感受其激荡心魂的雄丽与美轮美奂；驴子们常说："宁愿身在地狱，也要心在天堂！"我的此次川藏线之骑，可以说既有挑战自我的意味，也有要给心灵一次提升到天堂的机会；只要我们不怕险恶，大自然永远都不会亏待我们，她所带来的惊喜往往超出你的预期！

昨天，从巴塘骑到芒康，100多公里的路程中，竟有50多公里的大上坡，翻越了海拔4100多米的宗拉山，到了芒康，天已近黑，又冷又累又饿，哪里还有精力写好骑行笔记呢？看来一天走两天的路程，是自己坑自己啊！所以，我决定把骑行的节奏放得再慢一些。来的时候，作协的张主席还给我布置了作业，一定要拿出第一手的不掺水分的东西来，让没有亲自经历的人们，也能听到一个亲身经历之人的亲口讲述；另外，我的一个在报社工作的学生，也说等我骑行川藏回来，看看能不能开辟一个专栏。这些是推动我前进的动力，都是我不能把川藏线当成骑行赛道的原因。这条通过造化之手精心雕凿的立体的艺术长廊，我必须慢慢地来观赏，慢慢地来体悟，慢慢地用心来熔炼展现其精髓的文字……

　　出了芒康县城，便是美丽的江卡村，山青野绿，峰岚谷幽，藏家水环绕，经幡风里飘；涨满眼帘的无不是大自然的诗趣禅韵；人在画中，画在心中，心在禅意妙趣之中。骑到半山腰处，回头再望芒康县城，只见山环峰抱的翠谷之中，那群建筑，特别显眼，渺然之中，仿若佛国仙境；随着渐行渐远，这美丽便也渐渐地淡出我的视线，我虽去了，可这美丽，必将成为我灵魂世界里的一幅永远不褪色的画卷！

　　随着海拔高度的不断提升，绿树渐次退出视线，青郁幽碧的高山草甸呈现于眼前，牦牛开始成群地晃悠于翠坡，峰耸谷空，浑然成势；虽然阴云时抚山顶，雹雨也是忽来忽去，但瑰景天成，冲击视觉，激荡心灵，一路骑行虽苦，可心里却乐意融融。

　　上午11点多钟，连骑带推，终于上到了海拔4370米的拉乌山垭口，自拍了一些自恋的照片，以为开始下山了，却总是找不到下山的感觉，许久，竟然骑到了拉乌山另一山口处，只见无数经幡密挂于山体，那阵势，让你震惊，又让你兴奋，你会深切感受到信仰，虽是开在心灵深处的花朵，但是，你却看到她的果实无处不在！这就是信仰的力量！在这力量的引领下，我也不自觉地祈祷一番。

　　下山是一个35公里的大长坡，山头都顶着厚厚的云团，风裹着雨珠忽飘忽停，我套上雨衣雨裤，开始溜坡而下，看着被雨水淋湿的路面，我忽然想起了几天前，一个小伙子，就是因为放的速度过快，摔了一跤，看到他很艰难地爬起来的样子，就知道跌得不轻，看着他难受的样子，我突然对路产生了敬畏之心，它默默地承受着我们的脚步或车轮，把我们送到远方，送到我们渴望去的地方，我们要让它成为我们梦想的延伸，而不是让它成为我们逞强弄险、发泄自我的道具。

　　所以，这个大坡，我没有松闸，而是在下坡的过程中，慢慢地欣赏大自然从高原草甸向森林景象的过渡，特别是在当森林与草场共处一山之时，树的浓黛与草的浅绿，两种相互缠绕的色彩，诗画相谐，辉映成趣；接着，藏胞的村子，开始出现于山腰或山脚，凡是优雅的藏式楼阁屋宇现身之处，必然绿树掩映，青稞成片，山有云缠雾罩，地有溪奔波涌，人居其间，幻若仙境，不是桃源，胜似桃源啊！

路上，在经过一个叫卡均村的地方时，天空骤然放晴，天蓝云白，阳光灿烂，刹那间，让这个山坳里的藏乡，展现出炫目的景象；别具一格的藏式民居，随山就势，如一个个静止的音符，点在大山的琴弦之上，我仿佛听到了人与自然共奏的一支和谐曼妙的乐曲；我端着相机，陶醉在这迷人的旋律中，时有骑友，从我身边飞驰而过，真有点为他们惋惜，我真想对他们大喊一声："慢慢骑，欣赏啊！"

其实，像卡均村这样的魅力独具的村庄，何止一个呢？

35公里的一个大下坡，不觉之间，竟把我从乌拉山顶送到了澜沧江边，送到了江流从中穿越而过的如美镇！

就是这个35公里的大下坡，许多骑友不到一个小时就溜完了，在如美镇住宿时，他们还沉醉于飞翔一般的快感中，可我却用了三个小时，大部分的时间都用到了摄影和欣赏美景上啦！我多么地渴望把这一路大美风光，永远地收揽到自己的灵魂世界之中啊！

到达如美镇时已是下午三点多钟啦，住下，准备攒足精神，翻越高耸于澜沧江岸的觉巴山；川藏线上，每天都有不同的美曼，呈现于我们的眼帘，明天，觉巴山又将以什么样的姿态迎接我们这些骑士呢？

三江并流之澜沧江旅行，
能让最贫穷的人拥有最丰盈的心灵

7月28日　翻越海拔3911米的觉巴山　如美镇至荣许兵站

骑行在川藏线上，每天都要迎接新的挑战，每天都有不同景色的变幻，每天都有别样的冲击心灵的体验……

如美是澜沧江畔上的一个宁静的小镇，湍急的江流，把两岸切削成两堵相峙耸立的绝壁，江面不宽，但江峡却是气象万千，置身江边，心惊胆战，江风袭人，江流呜咽，危崖悚目，浮礁阻澜；澜沧奇境，如美镇上可略见一斑。

我曾在镇上转了一圈，虽说大江如游龙般穿镇而过，但四面的大山却是一片荒凉，只有一些星星点点的绿色挂在山坡岩崖之上，貌似不缺水，举目看到的却是荒漠的景象，咱不是地理学家，心头难免会对此产生一丝丝的神秘之感。

八点左右，骑出如美镇，便踏上了攀越觉巴山的征程，因为路是呈"之"字形上升，所以，随着海拔的不断上升，在山底盘绕的猛若游龙般的澜沧江，也渐渐地变成了一条幻若游丝的细线；峡愈深幽，夹峙而立的大山，愈显雄浑宏丽；人行山中，只觉奇峰突兀，裂云擎天，低眉谷壑，别有洞天；行走在镇上，不觉其异，自高处回望，山环雾绕之中，恰如人间仙境，世外桃源啊……

骑行骑的是心情，你心情如歌，那你一路挥洒的汗水便是从灵魂深处飘逸的音符；你心情悲苦，那你一路流淌的汗水便是从灵魂深处滴落的泪珠。人生如旅，万事皆然。

路上，又遇到东北的令狐老弟，在拍摄荒凉的山崖上盛开的一种红色的小花，说实话，我喜欢拍摄大场面，大场景，对这样的小花很少在意。但是，看到他那么认真拍摄的样子，禁不住也被那丛摇曳在峭壁绝岩中的小花的美丽所吸引，拍了几张，这也是我在整个川藏之骑中，唯一留下的路边小花的镜头。

随着海拔的升高，松林渐渐地茂密起来，骑到海拔3911米的垭口，仿佛又置身一个绿色的世界里；回望来路，群山苍茫，雾岚天青，峰岳连绵，峡深成渊，江收一线；四个多小时爬坡的疲惫，都在这一望之间随风而去。

我喜欢自拍，相机在别人的手中，被拍照时总是觉有那么一点点的不自在，照得不满意也不好说，所以，每次到达山顶，我首先是拍自然风光，接着，便支起三角架，以不同的景深、角度、方位、进光量等，在镜头前，自我陶醉一番；以天下奇景为背景，融身于其间，让诗化的经历，凝固成永恒，让记忆的花朵，永远鲜艳！我来了，我就要快乐，就要让自己置身之处的一切资源为我服务；这个世界不是我的私人财产，但是，在这一刻里，我却拥有着无数人渴望拥有而永远都得不到的这一切！旅行，能让最贫穷的人，也能拥有最丰美的世界和最丰盈的心灵！

山顶的风光再美，也终非久留之地，下坡开始啦！车轮飞滚，只要一松闸，车速在瞬间就能增至50码以上，若想激情飙车，几十公里的大下坡，一定会让你一直处在巅峰之上。爽是爽极，但是，险也险极！开劈在山上的318国道，本来就不宽，一面紧靠山崖绝壁，一面紧临深有万丈的澜沧江，距离江面的高度，就是骑友们奋力攀爬四个多小时提升的高度，那瞰似游丝的澜沧江，实际上正是一条张着血盆大口等着尝鲜的蛟龙哟！

当我对路有了敬畏之心以后，就已经不敢恣意地放闸溜坡了，车速一直保持在30码左右，看着一个个骑友从我身边飞车而过的时候，我真有点为他们担心呢。

这不，有一个骑友像旋风般超我而去，大概在我前面不足50米的地方，骤然摔倒在路中间，人在地上滚了两滚，刹车之间，我便已到了他身边，小伙子还算机灵，辘轳爬了起来，扶起车子一看，因为骑得太快，挂在驼包上的衣服卷进了车轮里……

我又往前骑了还没十分钟，就看见路边一群骑友正围着一个小伙子，我近前一看，天啊，那个小伙子的一条手臂上鲜血淋淋，其他人正为他包扎呢！一问，才知道是骑得太快，摔了……

更让我惊心的是，在一个下坡的转弯处，突然看一群服装齐一、上写"太原理工大学"的骑友，聚在路旁，一辆撞坏的自行车正躺在一辆大货车的前面，伤者已经送去了医院……

从垭口下到登巴村，还不到一小时，竟然出了三起事故，都是缘自下坡的时速过快，看来释放自我，也得有所节制啊！

说实话，没有骑车上过山的人，一定不知道，当爬山爬了四五个小时，甚至是七八个小时之后，一到达山顶垭口，便有一种不可遏止的释放的冲动！憋屈了一天，费尽了吃奶的劲才熬到山顶，下山时还要勒闸刹车，太不公平啦，心里有一种极不平衡感！可是，世界上哪有什么绝对的公平呢？为了自身的安全，还真的必须把车子下山时多余的势能，用车闸给克服掉呢，不然，这多余的能量，带来的不是福音，而是灾祸啊！

其实，攀登虽苦，却是自我的提升，是真正的成长，是上天暗自给一个人的福分，所以，到了一定的高度，反而要学会自持，而不是把这福分毫无节制地给挥霍掉……

在登巴村,我买了一瓶可乐,又补充了些水,便又开始上坡啦!车子一直沿着急流若奔的登巴溪逆流而上,虽说是缓坡,可也骑得让人无奈,因为大大的太阳,把山路晒得像个大蒸笼,这一热,骑着更累更乏,便在溪边找个树荫,枕着流水,听着溪歌,在凉凉的风中,美美地睡了一觉,双眼一闭,浑身上下,感觉每一个毛孔都透着快意。起来后,一气骑到了荣许兵站,看看时间,已是晚上六点钟了,这一天,整整骑了十个小时,其间,虽有一个小时的下山,可其余的时间里,都是在爬坡,你说乏不乏吧?看到兵站牌子旁有一家客栈,便毫不犹豫地住了进去。

客栈的环境很美,屋后是绵绵的大山,窗下便是蜿蜒的溪流,坐在床上,不自觉地吟道:"推窗山兀兀,低目水依依;天路处处妙,机机透心喜。"

没有极限的超越，
就没有灵魂高度的提升

7月29日　翻越海拔5000多米的东达山　荣许兵站至左贡县城

东达山，是川藏线上要翻越的第一座海拔5000米以上的大山。大前年，在西藏阿里的岗仁波齐转山的时候，曾经翻越过海拔5700米的卓玛拉山垭口，而这次却是骑车翻越，心中没底，但也已经做好了死猪不怕开水烫的心理准备，既然来了，就要往前走，就要迈过这个坎，你经历了，你才会在这个过程中认识自我，认识世界，没有极限的超越，就没有灵魂高度的提升！

早上骑出荣许兵站，就开始沿着咆哮的东达溪逆流而上，荣许兵站的海拔已有4000多米，骑行已是非常吃力了，向前十多公里之后，随着海拔高度的增加，气喘之速，如"呼呼"拉响的风箱；心跳之烈，似乎想要冲腔而出；愈是接近垭口，愈是举步维艰；原来已经缓解了的高原反应，现在重又袭来，头在隐隐作痛，四肢软弱无力，不迈步气还能喘匀，可一动便气短心悸；看着山上悠闲吃草的牦牛，真从心里对它们艳羡几分……

这就是挑战，这就是考验，这就是对极限的冲击！在这种情况下，许多骑友的心理开始崩溃了，藏胞的早已游弋在山中的"收容车"也开始收获了，每当有车顶上可以装载自行车的面包车从我面前过的时候，司机就会说："坐车走吧，垭口还远着呢！"看着这些渴望揽到生意的司机，我只是笑笑作为回答，我心里却在想："慢慢地推车向前吧，这对我来说，是到达垭口的唯一的办法！"

海拔愈高，气温也愈低，气候的变化也更无常，刚刚还是阳光灿烂，一会儿的工夫，就有可能风狂雨猛，冰雹当头，当然，一般情况下，冰雹最大也就像黄豆粒一样，除了会砸得很痛之外，不会造成灾难性的后果；在翻越东达山的过程中，就被这样的雨雹袭击过三次……

也许是大脑缺氧、感觉迟钝的缘故，在翻越东达山的过程中，满眼看到的都是高寒山野的苍凉和肃杀，色彩单调，缺少变化，海拔虽高，但峰壑之间的层次却不甚分明，所以，没拍多少照片。在一点半左右到达了垭口，看了看下山的路，长长地舒了口气："终于可以爽一把啦！"

由于海拔高，刚下山的时候，一点也不爽，尽管在雨衣里加了两件厚衣服，依然被冻得瑟瑟发抖，又遇上了雨雹，路随山转，每当风迎面吹来，脸都会被冰雹砸得极痛，那时，我唯一的想法就是以最快的速度降低海拔高度。骑出了雨区，身上才渐渐地舒适起来，但坡还在下，几乎一直下到左贡县城，爽！

孤独是一扇让灵魂自由出入大自然的门

7月30日　左贡至邦达

从左贡出发，一出城，就沿着玉曲河逆流而上，水流还算平稳，按说也应该是坡缓路平，可路是依山就势而修，虽没有一上就是几小时的大长坡，可常常也会有让你蹬上个把小时的猛坡，好在有上有下，心里对这样的路还是充满感激之情的。

玉曲河不是那种喧嚣的溪涧，她的河谷时宽时窄，宽时，谷阔岸远，山岚水漭；窄时，峡深流急，峰耸崖峙；一路骑过，尽得山诗水韵之风流，饱览自然造化之美妙；特别是坐落在河谷水湾里的藏族村落，依山傍水，或清静幽雅，或轮奂如画，时常会让你疑惑：到底是山川因藏村而秀，还是藏村因山川而奇？

中午时分，骑到一个叫卡列村的地方，看到许多骑友都在这里打尖，便也找家饭馆坐下，115元一碗的面条，老板竟可着大碗堆得满满的，撑得要死也没吃完。出了村子，困意来袭，路虽在河边，却找不到树荫，便找了一块较为平坦的草地，铺上塑料布，睡在上面舒服至极，不用拍，不用哄，两眼一闭，便坠入了梦乡。本来是阴天，不知何时天竟大晴，高原的太阳真是激情太过，我被晒醒，浑身起热，实在睡不下去，便起来了，当然，困劲也没有啦！

到了下午两点多钟，过了距左贡50多公里的田妥镇后，玉曲河谷渐渐地变得宽敞起来，318国道也和着她的节奏温和起来，再没了此前大起大落的长坡啦，骑行速度也一下子可以提到20码以上。

路好了，风却叫板上了，有一段时间，顺着河谷刮来的迎头风让你寸步难行，此后，便一会儿顺，一会儿顶，心下好生疑惑，这是不是路随山转的缘故呢？

晚上五点多到达邦达，我刚走进一家旅馆，几个骑友便打招呼："哈，我们又见面啦！"住下后，其中的一个小伙子说："大哥，在路上，曾经N次看到你，怎么一次也没见到你的同伴呢？"我笑了笑说："我是独狼，喜欢一个人啸嗷在天地之间！"他和他的伙伴竖起大拇指说："还是大哥厉害！"

其实，在川藏线上，像我这样的"独狼"大有人在，因为他们渴慕的是自由无束的大自在，渴望的是以一种独属于自我的节奏，在造化的琴弦上奏响自己的灵魂之曲，任何第三者的介入都会破坏这旋律的纯粹和纯净，所以，他们需要孤独这扇门，让自己的灵魂自由地出入于大自然的美轮美奂的圣殿中。

另外，"独狼"，还有一个最大的好处就是每一次的旅行，都可以成为一次说走就走的激情奔放的挥洒和对话山川原野的浪漫；旅途之上，确实存在危机和险象，也正是这些危机和险象挡住了无数缺乏孤胆者的脚步，才让"独狼"有了更大的享受自然之美的空间，不然的话，川藏线上，还不人满为患啊？

骑行川藏线，是一种挑战，也是一种享受。

说是挑战，是因为每一天的骑程都是一次从生理到心理极限的超越，这种超越，最终会把你的生命推到一个高度，让你在未来的岁月里能够居高临下、从容自信地面对人生中的一切，赢得了挑战，你就赢得了自我，在以后的立身处世、临境历变之中，自会呈现一种吞山吐岳的大气派！

说是享受，是因为川藏线上那冲击视觉、撼人心魄的大美迥韵，绝不只是你历目激赏之时那一刻的畅快，而是将成为一杯自己一生都享用不尽的含天地之精、山水之华的浓醇，每每饮之，都会心酣魂醉，并且，在这酣醉之中，你还能乘着自己的想象之鸟，再次巡幸那宝石蓝的天空、翡翠绿的流水，以及那天水之间雄拔的雪山和宏丽的草原……

三江并流之怒江　美与险的相生

7月31日　翻越海拔4658米的业拉山　著名的72拐

　　早上去吃早餐的时候，顺手按了按两个车轮，看看是不是需要补气，发现后轮的气少了很多，便已感觉不是太妙，补了气，吃完早餐再一按，车胎又软了，知道爆胎了！便把车子推到邦达广场，扒了外带，却找不到什么地方漏气，一个藏族小伙子也过来帮忙，侍弄了半天，依然没找到，你说急不急人？

　　幸好，我有备胎，三下五除二换上新的，可我的打气嘴不给力，踹了数百下，累了个半死，也还是达不到硬度，最后，对自己说，先凑合着骑吧，路上休息时再继续踹吧。

　　从邦达广场出发时，一看时间，已是九点四十啦，再看看大街上，早已没有一个骑友的影子了。邦达的海拔虽然已有4120米啦，但依然处在锅底，四周都是被高原草甸铺就的青山，所以，一出门便爬山，骑着车子，心里老是在犯嘀咕："这胎气不足，骑着就是沉啊！"又拼命地蹬了一会儿，累了，就停在路边打了一阵子气，按按，感觉硬多了，可骑上依然很沉，呵呵，一直都在爬坡，能不沉吗？

邦达至业拉山口的坡长是14公里，相对落差是550米，这天，我只顾修车子，也没在意业拉山的海拔高度，开始的时候，在爬坡的过程中，每次回首山下，都看到玉曲河谷里的邦达，在群山环抱之中美丽如画，忍不住一次次地拿出相机，按下快门，随后，便骑进了荒凉苍迈的大山之中，阳坡上一片焦灰之色，阴坡上也是草色遥看近却无，单调的色彩，让我渐失摄影的欲望；随着海拔的升高，气喘得越来越短，心跳得越来越快，快到垭口之时，便再也蹬不动车子了，只好一边大口的喘气，一边一点点推着车子挪步向前……

在垭口的不远处，抬头一望，不觉眼前一亮，一个山崖上，竟有一个很大的圆洞，这不禁让我想起了前年在穿越怒江大峡时，所看到的石月亮的景象；傈僳族以石月亮为图腾而崇拜之，这业拉山巅的石洞，可有人崇拜？一边欣赏，一边来到了那山崖之下，等待着洞后现出蓝天时按下快门，这时，一辆越野车停在我旁边，车里下来几个游人，他们以充满好奇的目光与我交谈，并对骑行客大加赞叹，其中一个非常漂亮的姑娘，还从车里拿出一罐红牛递到我手里说："勇敢的骑士，我用这罐红牛表示我对你的敬意！"恭敬不如从命，就毫不客气地收下啦！呵呵，拿着这罐饮料，好不让人快乐啊！

中午一点半的时候，终于爬到了海拔4658米的垭口。在川藏线上，每到一个垭口，骑士们都会以各种姿势拍照，以庆贺这一天骑程中最大的胜利，当然，留下自己到此一游的身影，也能为日后的怀想做个凭证，我也不例外。

下山道，是川藏线上非常著名的72拐，通过业拉山一面坡上"之"字形的道路，从海拔约4700米直降到海拔2700多米的怒江边，此路可说是集雄、险、奇、峻、美于一身，巨大的落差，急促的转弯，你想不过把瘾都不行！但是，人生最怕的一个词就是"乐极生悲"！尽管你知道自己可以爽一把的时候，你反而一定要小心翼翼才是。在我从这里经过之后的第二天，据说有个骑友，就因放闸太快，收拢不住而冲下了山坡摔死了。

下山的时候，雨又下了起来，套上雨衣，检查了一下刹车，便开始溜坡而下，突然发现路边有提示牌："前有减速带，请慢行！"赶紧提闸、控速，听说此处，有许多粗心的骑友，在放闸溜坡、全速而行时，因没注意到提示而撞上减速带被摔得不亦乐乎。

雨下得很紧，许多骑友便顾不得欣赏这一绝世美景，"嗖嗖"地往山下蹿去，我知道这是稍纵即逝的机会，这次如果不能多看几眼，估计今生也难再来看啦！于是，便冒着雨，徐徐下山，还不时地停车，到山崖边去寻找最佳的摄影点；我知道凡是道路转弯之处，必有观景的最佳点存在，所以，每遇转弯，我都驻足观察，尽管雨丝不断，我还是拍下了72拐处的许多绝妙的美景……

我是对路充满敬畏之心的人，所以，溜坡也特稳重，被骑友超越是常有的事。下到山脚下的同尼村时，一个骑友从我后面飞一般冲出去，突然，"砵"的一声响，吓了我一跳，我也下意识地跳下车子，按了按自己的后轮，没事，原来是小伙子的车胎爆了，趁着他补胎之机，我用他的气筒又为自己的车胎加了一些气。

过了藏胞正在忙于收割青稞的同尼村，车子一直飞速下滑坠到谷底，到了怒江之畔，临水而立，只觉峡幽谷深，云峰耸天；浑浊的江流，如愤怒的虬龙，吼如雷鸣般地撕咬着壁立的江岸；有时，路滨洪涛；有时，路悬危岩；有一铁桥，横架于江峡的极窄处，桥头的石壁上写着四个血红的大字"怒江天堑"！此时，此处，此情，此景，这四个字用得真是恰到好处啊！

行在铁桥之上，真有些让人心惊胆寒啊！虽然沿江而上骑了不过两个小时的路程，但我却下车拍照五六次，直到离开怒江，又沿着它的一条凶暴的支流冷曲逆水而上后，我的心才慢慢地趋于平静。

我之所以说这条叫冷曲的支流凶暴，是因为它的咆哮声，竟然能在峡谷中引起雷鸣般的回应，仿佛有一条恶龙，正吼叫着盘旋在你的头顶，人行在峡中，你的心中真的不敢泛起一星半点的对神灵不敬的念头，我常常在心底默念"嗡玛尼呗咪哞"这六字箴言……

海拔近4700米的业拉山，像是一条明显的地理分界线，在邦达那边，山原一体，沟浅坡缓，放眼望去，一片空旷，天蓝云白，极目无碍；可翻过业拉山，下了72拐，一到怒江边，便可发现，八宿这边，山体雄浑，峰高涧深，抬头一线天，垂目波浪翻，行路闻涛声，步步心胆寒，所以，我骑行在路上，总是不敢太靠近路边，怕啊！一旦掉下深涧，估计也就有去无还啦！

从72拐下到怒江边后，就全是上坡了，直到晚上七点多钟，来到了一个叫白马镇的地方，有一标牌上写"距八宿县城一公里"，我骑了一会儿，发现山环岭抱之中有一条很干净的街道，心下疑惑："明明写着一公里的路程，怎么还没到县城呢？"正好街边坐着两个年轻的女警察，就问道："同志，这里离县城还有多远？"两个姑娘笑道："这就是县城啊！"我脱口而出："咋这么小啊！"一个姑娘也笑着说："八宿一条街，勇士把脚歇；欢迎勇敢的骑士来我们这里做客啊！"这美丽的女警察真会说话啊！

后来，问别人藏语中"八宿"的意思，原来是"勇士山脚下的村庄"，我看，还不如翻译成"勇士歇脚的地方"呢。

通往天堂的路就这么艰难

8月1日　翻越海拔4468米的安久拉山　八宿至然乌

挑战天天有，今日犹为烈。只要你是骑行在川藏线上，每一天，都在冲击着你的生命极限。安久拉山，据传，曾是许多骑友的滑铁卢，那么，它将给我怎样的考验？

我在邦达换内胎的时候，本应该连外带一齐换上新的，结果，外带没换，这个错误让我一直在路上为后轮补气。看来只要是错误，就要为此付出代价。

到了八宿，我晚上在旅馆补胎，找了许久，才找到一个极细微的跑气口，围观的一个年轻的骑友说："这样的小口，胎也可以不换，只要天天补气就行了。"真是一语成谶！原来后轮曾经扎进了一块玻璃，补好内胎后，却没把这块玻璃的碎屑清理干净，这次内胎上的那个极细微的小口，就源自它，新内胎换上后，仅两天，又被那玻璃屑给扎出了比换下的内胎更小的跑气孔（回家后检查才明白的），气天天跑，却又跑得不多，所以，每天都要给后轮内胎补一次或两次气……

早上，在八宿吃了两个大油饼，很对口味，好久没像这样有胃口了。

七点多，出了八宿，路就沿着急流滚滚的冷曲逆源而上，河谷时而宽阔，时而幽狭；两岸的大山，也是时而隔空相揖，时而比肩耸峙；隔空相揖之时，河谷空旷，水流稍缓；比肩耸峙之时，峡深一线，涧水如千龙争锋，睹之让人胆寒。

流急，说明坡猛，因为海拔在一路提升，自然是爬坡多，溜坡少，这上上下下的节奏，绵绵延延的长路，都让人懒得抬头；虽然时有白雪在一些峰头闪烁，时有一些藏村静卧在路边的大山脚下，但是，高原的缺氧和疲惫，让人的感觉已趋于迟钝；特别是出了八宿之后，路旁的景色，几乎都是一个模式，山近山远，一眼望去，都是光秃秃的一片灰暗，就连生命力顽强的小草，在这一带的山野里，也显得力不从心，大部分都是星星点点地挂在山坡或岩崖之上，能让人眼睛一亮的地方，那就是大山之下的藏村了，村前成片的青稞和村中挺立的绿树，还能让你感受到大山所蕴藉的灵性……

山色如此单调，水在这单调的环境里游弋，不管她怎样表现，也奏不出多么激动人心的妙曲来，唯一的感觉就是这一天的路好漫长，好漫长啊！到了下午三点钟的时候，才离开冷曲，进入大山之中，坡哥的脸色一下子变得有些凶神恶煞起来，七八个小时的爬坡之骑，已经让许多骑友的体力都到了强弩之末，面对此情此景，有些人最终选择了乘坐藏胞的游弋在路上的面包车；就是那些像我一样坚持的骑士们，也一个个都默不作声，拼却最后的气力，冲击着山顶，也冲击自己的生理极限，大家路途中交错之时，也都是彼此间竖竖大姆指，以示相互的激励。

当路转了一个大弯后，突然看了数公里外，许多高挑的经幡迎风飘扬的景象时，骑友们才把心中闷了一天的郁气喷吐了出来："啊！垭口终于到了！"然而，虽然看到了希望，但是，许多人也都是像我一样，一步步地推着车子，直到17点40分才到达海拔

4468 米的垭口……从早上七点多从八宿出发，算来已是十个小时啦！今天安久拉山的翻越，真是让人崩溃的节奏啊！

因为然乌的海拔较高，从安久拉山下来，一路都是缓坡，偶尔还会出现一个个的上坡，所以，下得并不快。但是，接近然乌的时候，路旁一条溪流两岸的大山骤然闭合，路是在临溪的绝壁上凿出来的窄窄的长廊，一边紧靠山崖，一边紧临深渊，路边连个护栏都没有，那渊底沸腾轰鸣的流水，无异于死神的呼唤，好不让人心悸胆寒啊！只要前轮一失，那就是万劫不复了啊！

晚上七点多，才进入然乌。

川藏线上的然乌，被称为人间的天堂，众神的香格里拉！

这天，骑行十二个小时，累极，准备在此休整一天。

心灵融化于然乌湖畔

8月2日　多情的人，诗意的心

为了安抚被安久拉山弄得疲惫不堪的身心，许多骑士都选择了在然乌休整；然乌湖的水光山色，天下奇绝，是色友和画友梦想的天堂，附近还有米堆冰川和莱古冰川，更是凝聚了峰岳万境的秀华；既已到此，何必去意匆匆？许多美景，你不通过眼睛摄入灵魂，那擦肩而过的遗憾，日后会让你痛入灵府。

然乌的清晨，朝晖明丽，气爽风清，天空透着宝石蓝的纯净，白云闪着羊脂玉的绵白；我骑上车子，带上相机和三角架，从街心的一条便道，往湖边的方向慢悠悠地骑着。出了街区，首先映入我眼帘的是路边小山上的庙宇、白塔和林立的经幡，这让我深切地感受到此处是人神共住的地方，所以，那空旷的牧场，那周遭气雄势伟的大山，都有神灵在清风里游弋和飞翔。

一条水泥小道，穿过草场，向远方的树林延伸着，这是去湖边的路吗？管他呢，反正没事闲逛，沿路而行，那林木掩映之处是一座宾馆，在院内转了一圈，也没找到去湖边的路。退了出来，我又朝着路的另一个岔口骑过去，转了个大弯，树林后面，顿现一片潋滟的波光，在柔和的晨光里，显得流彩溢辉，雄艳惊魂，我真想大喊一声："美啊！"可又觉得这一个"美"字难尽其轮奂，呵呵，还是默然地享受天地之间这一刻的如梦似幻的胜境吧！

我一边走近湖滩，一边不断寻找着摄入镜头的最佳角度和景深，每次按下快门的"咔嚓"之声，我都觉得是让灵魂陶醉的最美的音乐。当我来到水边，静静地坐在草地上的时候，我突然觉得明净的湖水，就像是仙女的眼睛，我深情地看着她，她也在温情地注视着我，这一刻，多想融化在她的眸子里啊！多情的人，往往都有一颗诗意的心，如果此刻置身然乌湖畔的是你，我想，你也不会心如止水吧？

　　诗意的心在然乌的湖光山色中盘旋了许久，终于收翅而回，我想，如果不把自己的身影融入这大美的迥境之中，也太对不起然乌这片就是神仙来了也会动心的地方吧！于是，支起三角架，摆出各种姿势造型，怡然自得地在镜头前表演一番……

　　在然乌的上湖转完了，又去下湖徜徉，遇到兵站的一个军人也在湖边漫步，和他聊起了这里的风景，他对我说："你从上湖刚过来，已见识了那里的清纯与惊艳的光影变幻，我就不多说了，现在看来，下湖也是山巍水碧，一片清幽，从总体上来说，还是缺乏上湖的那种灵动之美，但是，如果你是在早上七八点钟的时候来这里，你就会发现这里水中的倒影，虚虚实实，如梦似幻，却又浑然一体，可以说是瑰异奇秀，天下独绝；若是你运气好的话，明天早上，一定可以捕捉到让你满意的画面。"听了军人的话，我真的开始从心里真诚地祈祷："但愿明天的天气，依然如今天明媚！"

　　回到旅馆已近中午，吃了碗面条，睡了个好觉，便用老板提供的洗衣机，把攒了几天的衣服洗了。随后，便半躺在床上，开始整理骑行笔记。川藏线上的旅店，不论档次如何，绝大部分都有 Wi-Fi，因为骑友在选择旅店的时候，第一句话就会问："有 Wi-Fi 吗？"有无线网的旅店，肯定生意会更好。把笔记整理好，发完，都到晚上五六点钟了。便又骑车出门，沿然乌湖往察隅的方向骑了一段路程，前年，我还是一个背包客，就是从这条路穿越怒江大峡谷，走"丙察察线"来到这里的，那一路的风景和经历，也是特别耐人寻味和记忆深刻啊！那时，这条路上的骑行客还很少，今年会多吗？

穿越于崇山峻岭中的帕隆藏布

8月3日　然乌至波密

如果说然乌的湖光山色，是以油画的语言淋漓尽致地挥洒了大化的静态之美的话，那么，从然乌到波密这一路的山诗水韵，则是一曲跃动着澎湃激情的交响乐……

八点多钟，出了然乌镇，虽然天上云翳铺展，但是，映现于眼帘的然乌下湖，依然湖静空明，风清雾岚，山重水叠，倒影如幻，虚虚实实，恍然若梦；置身岸畔，却不知自己是在仙界，还是人间！大自然常常以神奇诡异的手法，让真实的美展现在让你感觉不真实的景象里，让你在忘却自我之后，灵魂像一滴雾化的水珠融入这化境之中。

然乌湖是帕隆藏布的源头，出了然乌镇不久，318国道便开始沿着奔腾的帕隆江顺流而下，进入逼仄的深山峡谷之中，这就是著名的位列世界第三位的帕隆藏布大峡谷，峡谷从江底到山顶的平均落差达3300多米，骑行其间，不论道直道弯，那冲击视觉的雄美宏丽，无不让你魂荡魄动。

在此之前，每天上路，只要有河，几乎都是逆流而上，虽然也是溪水在激唱，但那歌声愈是激越，便愈是心惊胆战，即使是奋力踏车，也不过是蜗爬蚁行，全部的精力差不多都用到了与坡哥的较劲之中，还能有多少多余的注意力用来欣赏水歌山吟呢？

而今天则不然，顺流而下，溜坡而行，力不加蹬，无羽而飞，江涛愈是汹涌，胸中愈是快意酣畅，歌的旋律愈是激昂，听着愈是入耳入心。上天垂怜，终于让我们这些天天爬坡累个半死的骑行者逮到了一个可以尽情享受的机会！

帕隆藏布如一条狂野不羁的蛟龙，穿越于崇山峻岭之间，人在峰岳间飞翔，真如御龙一般激爽，江水轰鸣，震彻崖壁；车轮滚滚，呼呼带风；许多人，都是在爽爽的溜坡中，淋漓地释放着激情，挥洒畅意，我却两眼不断地扫描着峡谷中的奇景异象，不停地刹车，把这些景象摄入镜头，我知道最佳的摄入角度和景深如果你不用心去把握住，飞车之中的刹那间就会错过，所以，我总是在控制着速度，以满足自己内心的渴望。山高峡深，瀑飞溪奔，大美当前，何必行色匆匆！溪随山转，山拱溪汹；侧耳听，则涧中珠玉俱裂；昂首望，则峰头冰雪晶莹；时有孤峰独出，云掩雾罩；时有飞瀑倾泻，似白练倒挂……每当景动于心，便会停车狂拍一番；山中路窄，车流如织，也不敢吊以轻心，每次都小心翼翼地找到安全的停车处，才敢放心地下车去寻找最合适的拍摄位置……

当然，虽说从然乌到波密的130公里的路途是以下坡为主的旋律，但也有很多的上坡存在，特别是到了下午两点多钟的时候，突遇顶头风吹，那灌满峡谷的大风，真的可用"浩荡"二字来形容，即使是下坡，也被顶得慢如蚁行，上坡，就更让人难受啦！路途之上，什么情况都有可能发生，但是，不管发生了什么，你都必须向前，这就是挑战，你躲也躲不掉！直到下午五点来钟的时候，风才渐小渐息。

晚上七点，到达波密。住下后，到一家饺子店吃饭，我问一个服务员多少钱一斤？她是藏族人，说："一斤40。"心想这么贵？

就来半斤吧，结果，吃完我给20元，站起来就走，谁知人家又赶出来，找我10元，原来那服务员说的是一斤40个饺子。半斤我没吃饱，又看到一家卤菜店，便要了一个将近一斤重的猪舌，一瓶啤酒，结果，这天吃多受凉，还闹了两天的肚子，因为及时吃了药，没妨碍行路。

住宿的时候，和我临床一个小伙子问我："大哥是一个人吗？"我说是啊。他说："那明天大哥和我们一起走吧，人多热闹。"我笑着拒绝了，我说："还是一个人自由，想走就走，想停就停，一路的大美胜景，哪能只是如风溜过呢？这可是相机大展风流的时候啊，哪能让它不动声色呢？"小伙子沉吟了一会儿说："我们这一群骑友们，一出成都，就是只知道拼命地骑啊，骑啊，已经把几个人都带崩溃了，这种骑法，我感到一点意思都没有。"接着，他问我："大哥，你说我们骑行川藏线的意义究竟在哪里呢？"

我说："首先，你要弄清楚，究竟是川藏线上的什么把你给吸引来的，如果骑川藏线，只是为了日后向别人炫耀，那么，你骑行的意义就是为了'吹牛'；川藏线，被称为'神灵漫步的香格里拉'，这一路的山诗水韵，天下独绝，也可以说是江川的激流与山岳的峻丽，在大化的琴弦上，共同演奏的一首山水交响诗，我们来了，只不过是借'骑'，来把自己融入这首交响诗的演奏之中，从而让自己的灵魂高度和精神境界，在这样的演奏中得到非凡的提升和超越！我想，这才是我们骑行川藏线的真正的意义之所在吧。"

小伙子向我竖了竖大姆指，说："还是大哥骑得潇洒！明天，我给骑友们说说，看看是不是能放慢一些骑行的节奏，也给心灵一些品味美景的机会，也让相机获得一些它应该得到的纵情声色的风流！"

通麦的明月

8月4日　波密至通麦

波密，我这是第三次经过了；第一次，是我徒步墨脱，穿越雅鲁藏布大峡谷，从波密出来；第二次，是我走"丙察察线"，穿越怒江大峡谷，路过波密；这是第三次了。作为藏区的一座城市，街区的变化非常大，但是，唯一不变的就是滚滚流过的扎木河（帕隆藏布）和四周烟云笼罩的雪山。

昨晚的半斤饺子和一个差不多一斤重的猪舌，把我给吃闷了，早上起来不饿，因为要出力赶路，勉强吃了两根油条一碗稀粥。

出了波密，虽说一直都是沿着帕隆藏布顺流而下，但是，江流平稳，和骑平路并没有多大的差别，大山，却一个接一个地横亘在面前，好的地方，就是每爬一个坡，就会享受到一个溜坡的畅快。

这一天，一直骑行在海拔两千多米的高度上，不论是山上还是河谷，都是树茂林密，阻断视线，峡谷中的风光，只是偶尔映现于眼底；另外，由于昨天一路的峡谷景色太卓越奇绝啦，反而让今天路上的一切都显得平庸逊色不少，虽然也停车拍了一些图片，但总的来说，能够震撼人心的场景相对要少一些啦！

这一天的路相对很顺，骑到通麦的时候还不到下午四点；这是一个很让人犹豫的地方，前方十多公里便是排龙乡；这十多公里的路程，便是通麦大峡谷，也被称为通麦天堑。路特烂，特难骑，山险峡深，只要一遇大雨，便会引发塌方、洪水、泥石流等不可预测的自然灾害，我来这里前，就有两个骑友，在这天堑里因泥石流遇难。另外，排龙是个小乡，接纳能力有限，吃住都特贵；所以，许多骑友，在犹犹豫豫之中，还是选择了在通麦休息。

通麦，不过是一个大山环簇的小镇，百米长的街道，最多住户也不超百家，我当时咳嗽得很厉害，想找家药店或诊所都没有，住下后，看着宾馆前的饭店，我才想起这一路除了喝水，还没吃一点食物，可肚里依然不饿，看来波密的那一个猪舌，真能撑啊！想想，不吃也不是事，就要了一碗米线，端上来一看，实质上是粉条。

晚上，在宾馆的院里徜徉，看到黑黝黝的山头上顶着一轮皎洁的半月，心空里顿时也像月色一样的宁朗，许多年前，那次徒步墨脱的时候，也曾渴望走通麦去排龙，然后，从那里沿帕隆藏布进入雅鲁藏布大峡谷；然而，据从通麦折返的驴友说，通麦大桥处已经封路，通往排龙的路已被泥石流、塌方堵死；最后，还是选择了从派镇走松林口，翻越多雄拉雪山进入墨脱的路……

通麦的明月，让我明白今夜无雨，我明天可以顺利地骑过通麦天堑，骑过排龙，骑到美丽的神灵居住的地方——鲁朗！

峡谷沉沉，天堑重重

8月5日　通麦至鲁朗

当骑行滇藏线与川藏线的两路大军在芒康县城会合的时候，那里尽管客栈如林，依然人满为患，住宿紧张得不得了，但是，真正经得住这一路的挑战和考验的骑友又有多少呢？通麦与排龙的客栈，就是都住满，又能接纳多少人？有好奇的骑友，对这一天住宿的情况进行了大致的统计，说通麦不过住了区区几十人，那排龙就更少了！

骑行滇藏线、川藏线，绝不是像背包客那样，可以来一场说走就走的旅行，凡是心血来潮，买辆新车就骑着进藏的人，100个这样的骑士中，也难有两三个真正一路骑到拉萨的。就是经过了一段时间锻炼的骑友，在整个滇藏线、川藏线的骑行中，不半路搭车、不被种种原因淘汰的人，也不足两成。

在海拔4000多米的高原上，几乎是一天一座大山的翻越，与在家时平路上的骑行根本就不是一个概念。在然乌，一个同住一室的小伙子问我："大哥，安久拉山，你是骑过来的吗？"我说："是啊。"小伙子竖了竖大拇指说："佩服啊！不瞒大哥说，我是乘车过来的。这一路的上上下下，真把人折磨得够呛啊！骑到一半的时候，我就感到自己不行了，如果继续骑下去，我肯定会累死在这山上！川藏线上的每一座山，都像鬼门关啊，并不是每个人都能一直闯过去！"人的意志一旦崩溃，就会像敲碎的玻璃一烂到底！我前面说过，滇藏线、川藏线的骑行，是对骑友的全方位的挑战，包括意志、体能、骑技、健康状况、对景物兴趣的浓淡，等等，任何一个短板，都有可能让你的骑行变成鬼门关前的大逃亡。

　　早上八点出了通麦镇，便骑上了烂路，特别横架于帕隆藏布江上的通麦钢索大桥，颤颤悠悠，仅容一车单向通过，若用"一夫当关，万夫莫开"来形容，一点也不为过。过了桥，便一头钻进了通麦大峡谷之中，紧靠江岸的道路霎时变得诡异险奇，头上悬崖如挂，脚下江流如怒，不下雨，还有泥石常从山崖上流下，若是下雨，其情何堪啊！真不愧其"天堑"之称；至于路，不管是上坡还是下坡，都陡峭得出奇，狭窄的路上石块嶙峋，过了飞石崖，又入老虎嘴，虽然这两天没下大雨，但路上依然留着塌方和泥石流的印记；上坡时，与其说是推车，不如说是半推半扛；下坡时，路况更不容你放闸，以致有的骑友在下坡的途中刹车过度，用矿泉水给车闸降温。

　　通麦天堑，可以说是又一次让帕隆藏布大峡谷的雄险奇秀展现得淋漓尽致，美则美矣，就是脾气有些暴躁，这个素有"世界第二大泥石流群"的峡谷，不知让多少人谈通麦而色变；所以，当你从此间走过的时候，还是小心点为妙，其发怒的时候，千万别来惹它。

　　大约十点半钟到达排龙，是一个山坳里的精品藏村，这里虽没有几户人家，却一直是徒步墨脱、渴望一睹雅鲁藏布大峡谷真面目者最注目的地方。十年前，我就已经知道了这个地方，后来还曾奢望过从这里去墨脱，今天到此，真有点心潮澎湃，便毫不犹豫地支起三角架，留下到此一游的印迹。

过了排龙村，奔腾的帕隆藏布消失在了身后。由此进了排龙大峡谷，一条咆哮的山溪迎面袭来，一个62公里的海拔落差近1300米的大上坡也由此拉开了序幕。每一个骑友的手里，都有一本川藏线骑行攻略，对自己面对的挑战了如指掌，害怕这个大上坡的人，已经从通麦或排龙乘车逃过这一劫了。还有一些傻乎乎的为数不多的如我这般的骑友，还锲而不舍地骑行在路上，所以，当这些真正的勇士途中交错相遇之时，无不由衷地伸出大拇指相互赞叹和激励……

既来之，则骑之！不管坡哥的脸色如何骄横，不管溪妹的嘲讽如何难堪，不管多么疲惫和辛苦，都一定要抬起头来，看看峡谷的风光，品品山水的意韵；虽然一直穿越在峰屹鳌立之间，也会带来一定的审美疲劳。但是，亦常常会有奇景独出之处，比如东久牧场、那碧绿的草地、溪上的小桥、挺立的白塔、飘扬的经幡、悠闲的牛马，尽显着一片桃源牧歌式的静美，虽然经过这里的时候还下着小雨，可我还是兴奋地拿出相机"咔嚓"几下。

在距鲁朗还有几十公里的时候，在波密吃的那个猪舌，开始发作它的能量，肚里"咕噜"一阵子之后便闹腾了起来，幸亏带有药，及时让这闹腾刹住了车。看来遇到好吃的东西，也得悠着点享用啊！

到了晚上七点的时候，还没到达鲁朗。这一天的路上，因为肚子不舒服，只吃了一个咸鸭蛋，喝了一瓶可乐，体能已经消耗殆尽，坡还是一直在上，蹬车子的双腿却再也使不上力了，心里一发虚，身上就发冷，急停路边，冲了一包葡萄糖喝下，稍作休息，才恢复了一点体力。到了镇上，问了路边的两个家庭客栈，都报以客满，转身看到一家离路稍远一点招牌也不那么显眼的藏家客栈，走进一看，竟然一个客人都没有，住下吧，现在的第一要务，就是找个地方快点躺上一会儿。

走过神仙居住的地方

8月6日　鲁朗至八一　翻越海拔4720米的色季拉山

　　鲁朗，被称为神仙居住的地方，可谓美曼卓拔；小镇的四周是青碧流翠的牧场，其后是绿浓黛郁的大山，云缠坡梁，烟绕峰巅；一条清溪从镇旁流过；许多牦牛在水畔徜徉；大化安谧，万象鲜灵；置身此间，喜念踊跃，逸之若神，怡之若仙……

　　昨天来到鲁朗小镇，正是黄昏时分，越是接近它，心灵越是被它那冲击视觉的光与影的变幻所震慑，特别是那道横跨山野的雨后彩虹的出现，更是让我兴奋不已，不顾极度的疲惫与阵阵作痛的肚子，停车拍摄了一番；随后的景色依然惊艳入魂，可我再坚持不住了，赶紧去找客栈啦！

　　睡了一夜，肚子已经没事了。为了弥补昨晚到达鲁朗时有景不能摄的遗憾，早早起来，便冲进旷野，首先映入我眼帘的就是那条挂在山腰里的哈达云，洁白而又神奇，把浓郁的青山映衬得更加生机勃勃。山脚下，是绵绵的淡绿的草场和连成片的金黄色的青稞，不时还会有一两座藏式的小楼点缀其间，让人能更真切地体悟到诗意栖息的意韵，能在神仙居住的地方休养生息，该是多少世修来的福分啊！

　　咱的福分浅，只能路过，但是，咱总可以把这立体的画卷拉入镜头，日后也好让咱的记忆之鸟透过这些图片，一次次地在这美丽的世界里酣畅淋漓地翱翔！我手持相机，"咔嚓"了好一阵子，才依依不舍地离开。

一出鲁朗，318国道便直插色季拉山而上，昨天的一个62公里的大坡，海拔才抬升1250米，今天到达色季拉山垭口是23公里，海拔就提高了近1500米，可见坡哥之凶猛！来骑行川藏线，就是来接受挑战的，没有挑战，我们就永远不能认识真实的自我；人生如旅，你每一次赢得挑战的经历，都将成为你生命中风流蕴藉的一次积淀！

猛坡，既是一种挑战，也是你那一刻所面临的一种命运，是你为自己创造的命运，你本可以坐在家中，享受世俗的清福，可是你却自己骑着车子到川藏线上来了！其实，想想我们为之奋斗、为之追求的梦想，哪一个不是我们渴望创造命运的川藏线？既然已经抱定了创造命运的信念，那就一往直前吧！

坡陡，那就在骑行的过程增加休息的次数吧。鲁朗镇处于山坳深处，是以牧场为主，而它周围的山上却是森林茂密，山巅之处是高原草甸；随着骑行高度的提升，每一次的休息都可以让骑行者从不同的角度和方位，看到大自然所形成的三个层次分明的色彩变幻之美，岂不是一举两得？这一路攀爬而上，尽可让你感受到牧场的秀蔚，林海的苍茫，草甸的旷荡……

爬坡的艰辛，高原的缺氧，可以说一直都让骑友们运行在极限状态中。中午时分，你看路边，有些饿极了的骑友便坐在石头上大吃特吃，饱了便躺在路边的草地上，遮阳帽捂眼，睡上一会儿。我也处于饥饿状态，天天吃的是压缩饼干，实在不想入口了，就在路边的草丛里找黄豆粒大小的野草莓，一会儿的工夫，采了一小捧，又拿出在鲁朗买的泡椒凤爪、花生米和可口可乐，这就是我的中餐啦！吃罢，又躺在草地上，小睡一会儿。

山色的浪漫，必须是以承受得住山路的考验来赢取的，这种考验既让人感到无奈，又让人感到无助。漫漫的长路，总给你无穷无尽的错觉，这错觉常常让骑行者精神崩溃。路上，总会有一些藏族司机开车等在最易让人崩溃的路段，他们会笑着说："坐车吧，到林芝，这里离垭口还远着呢！"这样的话语，几乎天天都会听到，我总是对司机笑笑，算是回答，而已坐在车里的骑友，都是把窗帘拉得严严的，他们的心情是很复杂的，虽然他们坐车花的是自己的钱，但是，当看到别的骑友还在以超越自我的精神拼搏着的时候，他们便会有一种失败者的愧疚感。因为大家来到这里的共同选择是骑行川藏线，而不是车载过川藏线。

前年我作为一个背包客，在穿越怒江大峡谷，走丙察察线进藏时，就有一个大学的老师，带着他的几个学生骑行这条线，结果，老师在翻越一个山口的时候崩溃，偷偷地上了我们乘坐的车，路上，遇到他的那些还在路上奋力踏车或推车向前的学生时，他竟然把脸躲在坐椅背后，怕被学生看到自己在车里……

不管坡哥多么凶猛，终有和它说再见的时候，大约两点半钟，骑上了色季拉山海拔4720米的垭口；垭口处，骑行者不少，自驾游的人更多，想寻个在标志碑前照相的机会都极难，我在人空里，支上三角架，调好自拍后，趁人换挡之机，我大吼一声："我就占用几秒的时间，都闪开！"人们看我是骑行客便都让开了，呵呵。

其后，便是一路下坡，我没有放闸，而是一边骑一边用眼角扫描着路上的风景，不断地停车拍照；林芝就在前边，早点到，晚点到，它跑不了，可是，眼前的风景，你不多看几眼，你不摄入镜头，你错过了，就是永远的错过了；旅行，是一个慢节奏的事件，虽然我们是过客，但也不必那么急匆匆地走过，就像我们都是人生的过客一样，路的尽头是墓地，一定要诗意浪漫地悠然走过，急性子，总是先到达，却并不是什么好事情！

从色季拉山垭口，一路顺坡，一直溜到林芝镇。接着，便是沿着尼洋河逆流而上，沿河两岸的风光，水静、柳绿、山清，一路骑过，无异于穿行在水墨画卷的长廊之中。

晚上七点左右，到达八一（林芝地区行署机关所在地）。

八一镇遇几年前的驴友"小藏迷"

8月7日　林芝休整

从通麦到鲁朗，再从鲁朗到八一，连续两天的大上坡，确实耗人元气；古人云："一张一弛，谓之道；一动一静，道之变。"作为一个骑行者，既要学会享受骑行之道的妙韵，又要懂得适应骑行之变的节奏，才能保元固真，气畅神逸；人生在世，心舒，则寿久；性躁，则命短；本人不懂什么养生，贵道而不信教，慕禅而不崇佛，唯知做什么事都不走极端，积极创造自己的命运，却又不执着于命运，把玩荣辱而又不被荣辱把玩，心活如水，随方任圆。

当然，曹归曹，汉归汉，尽管我不想走什么极端，可创造命运的渴望，已经把我引到了川藏线上，那一座座海拔5000米上下的大山无不在一次次挑战着人的生理极限，这也是不争的事实，所以，越是这样，越是需要气定神闲，对于骑行者来说，能在适当的时候给自己一个休整的机会，应该说是充满了智慧的选择，本人智商不高，却能不失时机地慧一把，也算是值得欣慰的事了；在康定，在新都桥，在理塘，在这次的林芝，都能把握好节奏，在极度疲惫之时，选择了给自己一个调整身心的机会！

在林芝，一觉睡到自然醒。然后，一个人骑着车子，慢腾腾地在大街上转悠，从一个街口出来，竟然到了八一桥头，尼洋河边，一河两岸的风光，旖旎迷人，我先在南岸溜达，后又转去北岸，徜徉在水畔；这里水域宽阔，两岸相距较远，隔水而望，青山绰约，碧空悠远，峰有白云缠绕，谷有蓝雾绵延，气岚风清，让人心怡神安；此景此境，哪能不在自我陶醉之中狂拍一番？

我静静地坐在河边出神，突然，想起了一个人，几年前，我到西藏的山南，在去桑耶寺的路上，客车在过雅鲁藏布江上一座正在修路的大桥时，要求乘客下车步行走过，我一边走，一边不时地停在桥上拍照，突然，身后有人问我："大叔，你是来西藏旅行的吧？"我转身看到一个肤色稍黑的年轻姑娘，好像当时她还穿了一件有点藏式的上衣，我以为是藏族女孩，就笑了笑说："是啊，准备去桑耶寺看看。"她说："那我就和叔叔一起走啦。"听了她的话，我心下嘀咕："她不是藏族姑娘？"她大概也看出了我的心思，就说："大叔，我叫珠珠，来自广州，是体育系大一的学生，大叔看我这身穿着，人又黑，一定觉得我是藏族姑娘，对不对？"天啊，这女孩子的第六感觉真够敏锐的，我这点小心思，都被她给看穿了。

走到桥头上了车，才知道小珠珠就坐在我身后。她告诉我，她从上高中的时候，就对西藏充满神往，她甚至觉得自己的灵魂就属于这块净土，所以，从那时起，她就在学习之余，大量地阅读与西藏、与藏传佛教等等有关的东西，大家都称她是"小藏迷"；上大学之后，她便利用课余的时间打工挣钱，暑假刚开始，她就迫不及待地踏上了自己的灵魂属地——神灵遍野的西藏。她说："我打工攒的钱不多，只准备在山南拜谒一下雍布拉康和桑耶寺，然后，再到拉萨去见见两个在QQ上聊了很久的藏族朋友，就要回家了。"

下午四五点钟到达桑耶镇，住下之后，我特地请这个"小藏迷"喝酥油茶，吃糌粑，吃藏餐。因为这里的水果特贵，我还在回客栈的路上，买了几根黄瓜，代替水果来补充维生素……

聊天的时候，她说："我的前世，也许就是西藏的某一高僧或者活佛，不然，怎么能对西藏如此的情深和执着呢？等我大学毕业了，一定要到西藏来工作。"我开玩笑地说："是不是还会在西藏，和一个藏胞小伙子，结为秦晋之好，以达成你在这片圣地上开花结果的心愿呢？"她也开心地笑着说："这个，不是没有可能呢！"

第二天，我们上午拜谒了桑耶寺，走遍了寺中每一个殿堂，每一尊佛像前，她都毕恭毕敬地长跪揖拜，看到她的那分虔诚，我也由衷地有几分感动。小珠珠说，她之所以来山南拜谒桑耶寺，就因为这是藏传佛教的祖寺，第一位僧人的剃度，就是在这一座寺庙中落的发。听了她的话，我的心里有一种隐隐的不安，我能感觉到她在说这话的时候，一定曾有过一种出家的冲动。后来在网络上聊天的时候，她承认最初的时候，她确实曾动过出家的念头，她说："那毕竟只是一个念头而已，那时还太年轻，只考虑自己的信仰，却忽略了母亲的感受，在成长的过程中，我越来越明白，自己还应该有更多的担待。"

中午11点多钟，我们去爬桑耶寺旁的海布日神山，尽管这里很凉爽，但在烈日当头之时，还是爬得让人汗流浃背，累得气喘吁吁，但小珠珠却能一阵风似的攀登向上，呵呵，真不愧是体育系的学生哟！

山顶的风景特美，不但能一睹桑耶寺的全貌，还能一览雅鲁藏布江的壮观。站在山崖之上，小珠珠双手合十，全神贯注地向着山下的桑耶寺祝祷了很久，姑娘的心思咱别乱猜，还是把这山巅的美景摄入自己的镜头，才是咱此时要做的正事呢……

第三天，小珠珠坐车去了拉萨，我去了加查县的神湖拉姆拉错。我回到拉萨时，她已经离开了西藏。因为她的QQ号一直都在我的好友之列，虽然不常联系，我还是知道她的动态的，知道她大学毕业后，作为志愿者，到了西藏的林芝挂职。我的手机里还保留着她的号码，一拨，竟然通了，她真的还在林芝，并且，她告诉我，她有几个同校的学弟，也骑车到了林芝，晚上六点，她下班后大家一起聚一聚。

晚上六点，准时接到她的电话，我赶到她指定的一个地点，她的学弟们都已到齐了，然后，她把我们领到了一家藏餐馆里，她说："我现在已经把自己融入了西藏，请大家吃藏餐，这是必需的，希望大家也喜欢哟！"还在喝着酥油茶的时候，她的男朋友也下班过来了，果然是一个很帅的小伙子，并且，还有一个很棒的藏族名字达瓦。珠珠说，他的身上流淌着一半藏族一半汉族的血统……

当年的小藏迷，这也算是修成了正果吧。

因为珠珠的学弟们都是川藏线上的骑行客，我们有着共同的语言，大家一边吃，一边聊，直侃到很晚才告别。

林芝休整，又是一个特别有意义的日子。

行走于尼洋河畔

8月8日　八一至工布江达

川藏线上,每天踏车的感受都差别不大,但每天遇到的景象却千变万化,迥然各异,冲击你的视觉,震撼你的灵魂;禅家说,造化是法身,以万象演法说道,启发人的觉悟,开通人的心源,从而见性成佛;当然,咱根器浅,成佛就不奢望了,能从天地间这大块的文章中读出点诗意赋韵来,已是甘之如饴啦,复复何求哉!

林芝的休整,让人元气大增,心境自然也倍爽啦!

早上八点来钟从林芝出发,沿着尼洋河逆流而上,虽然铺满云层的天空还下着小雨,但空气凉凉的,自会让你感到一种可意的舒适。林芝一带的海拔低于3000米,气温犹如春天般宜人,由于独特的地理位置,印度洋和大西洋的两股洋流,常年汇聚于此,从而使这里雨量丰沛,森林茂密,路边的树丛,阻断视线,骑行在河边,却难睹青山流水共铸的画卷之美;另外,山险峡诡,318国道,在这一带又出奇地狭窄,加上车流如织,想逮个合适的拍摄时机都不是太容易。好在是逆流而上,一路都在爬坡,随着海拔的上升,树木渐稀,骑程过了大半,尼洋河的真容才慢慢地展现出来……

路旁有一个卖桃子的摊子，想想几天都没吃上水果了，忍不住停下了车子，一问价格，十好几元一斤，手摸着一个个诱人的桃子觉得太贵，下不了决心买还是不买，老板却递过来一个塑料袋子，觉得不买又不太合适，就说："不用袋子了，就要这一个。"老板用秤一称，说："六块八。"我说："六块吧。"老板一脸不高兴地说："你们骑车子的咋都这么小气啊，都是一个一个地买，一个桃子，我就得赔个七毛八毛的，看你们骑车子这么辛苦，不卖吧，我又心里过不去。"我心里却在想："六元钱，我在家能买一堆桃子，而在这里只能买一个，真是贵死了，可老板还觉得亏死了呢！"

骑到中午一点来钟时，困劲袭了上来，正好路旁有几棵柳树，拿出桃子、压缩饼干和水，吃了个痛快；铺上塑料布，呼呼地睡了一阵，才又继续上路。

愈是接近营地工布江达，尼洋河的风景愈是明丽秀朗，愈是让人忍不住频频地下车拍照，对于一个陶醉于自然万象之姿的心灵来说，那相机的"咔嚓"之声，便是献给造化的最深情的赞美诗！

如果说此前许多逆流而上的河流，像骑行者的野蛮女友的话，不得不承受她的刁悍，而尼洋河应该说只是一个虽有所叛逆，但终被羞报所困而个性有所收敛的少女，还算是挺可爱呢。路虽有起伏，但还算是在能接受的范围内，因此，骑友们都是觉得难度不大，但都累得不轻，呵呵，难度不大，可长度不小，毕竟是一个130多公里的缓上坡啊！

骑到晚上七点来钟的时候，还看不到工布江达的影子，天上阴云浓浓，似要天黑一般，空寂的大山之中，发现就我一人踽踽独骑，前不见行人，后不见来者，甚至连个汽车的影子都没有，说实话，此情此景，还真是有点让人心里发毛呢！尽管此时已是疲惫至极，但是，拼命地蹬车向前，也就只能是不二的选择呢！

晚上八点，到达工布江达，一个立于尼洋河之滨的美丽的小县城。

象中有道，景中有法

8月9日　工布江达至松多

　　置身西藏的每一片山野，走近西藏的每一座小城，都会让你有一种梦幻般的妙觉，山的悠远，水的空明，天的澄澈，云的洁净，随处可见的经幡，造型独具魅力的藏式居所……一切的一切，都会给你一种诗意的感动，当我第一眼看到尼洋河边、群山环抱的工布江达的时候，我心里就有过想赖在这里不走的冲动，然而，我又不能不走，毕竟我只是一个过客。

　　昨天，骑行到距工布江达还有几十公里的地方，在一个长长的下坡上，天还下着小雨，有一辆开得很快的货车，在颠簸中掉下两个圆圆的纸包，正掉在前面骑友的轮子下面，但由于车速太快，他下意识地用脚踢了一下，就过去了，有下车的意识，但终没下车。我在他的后面，就刹住车，拾起来，打开精细的包装一看，天啊，竟然是两个红得有些透亮的、鲜得非常馋人的糖李！一个桃子，在川藏线上已让我稀罕得不得了，这两个如此漂亮诱人的糖李，怎不让我更加动心呢？就顺手塞进了包里。晚上给妻子打电话时，说拾了两个非常非常漂亮的糖李，妻子说："你可千万别吃啊，说不定是被抹了毒药故意扔在路上害人的呢！快扔了吧。"呵呵，在这水果稀缺的地方，我舍得扔吗？何况如此漂亮的糖李，我还真是第一次见过呢！

早上从工布江达出发，过了尼洋河大桥，站在岸边，回望工布小城，看到许多骑友正在陆续上路，突然想起了糖李，拿出来一个，仔细端详，怎么看也不像被抹了毒。如果有毒素，肯定会让水果加快腐烂的！于是，削掉皮子，先咬了一小口，我想："若是中毒倒地，这么个地方，肯定会被人发现的！"品品，除了酸甜之外没什么异味，就咽了下去。等等，没什么不适，就又咬了一口。再等等，还是没事，就三下五除二，吞下了肚子，真好吃啊！看来，我是什么险都敢冒啊！也许有人会说我这是二百五，呵呵，我倒觉得这是一种探索与探险精神，随手扔掉容易，只是太可惜了两个水灵灵的糖李；于别人不敢为中而为，还真得有点"二"的精神呢，不然，还真可惜了那两个水灵灵的糖李了！一个人若是一生缺乏这种探索和探险的精神，那么一生之中，可惜的何止这两个糖李呢？

小事见大，有许多事情，我们都是自己吓自己，以致吓得什么都不敢尝试了。人生的追求，往往比吃这两个糖李的危险大多啦，勇敢是一把万能的金钥匙，有了它，你才能打开智慧之门、成功之门、铸梦之门、浪漫之门、幸福之门、卓越之门……

吃了糖李，便沿着尼洋河逆流而上，昨日的尼洋河还像一个被羞涩束缚的叛逆少女，今天她就变得狂野起来，由于落差的增加，波涌浪奔的流水，在峡谷的逼仄之处暴戾喧嚣，飞腾而下；特别是出了工布江达近20公里的大山深处，峡谷之中，一块高有百尺的巨石，耸立于流水湍急的河心，似有力挽狂澜之雄势，坐观山倾之精神，所以，为历代旅行者所称颂，并名之曰：中流砥柱！藏胞相传，她是工布地区的保护神贡尊德姆修禅念经的座椅。

象中有道，景中有法，物物含禅，凡是曾撼动过你灵魂的至境，那禅的精神都已如流水般润泽过你的生命；我们活着，就要在吐纳之间，透着自己内在的精神，如果这精神能与禅的精神相契相融，那么，我们的灵魂里自会蕴藉着山水的意气和禅韵的风流。

与大山相比，河心的那块石头，可谓是微不足道，但是，正因为它的小中有我们自己的影子，所以，它所彰显的某种精神，才会那样的撼动我们的灵魂，楔入我们的精神。我以不同的场景把这块石头摄入了镜头，也在逼仄的道路旁自拍了与之的合影，我心里却在想，不管命运让我们像小草一样卑微，还是像砥柱中流的磐石一样卓拔，我们都要本然而然地做好自己。

山中的天气变化多端，尽管天空阴云浓密之时宜于骑行，可我还是喜欢阳光灿烂的时候，因为这时，天空奇蓝，云朵奇白，水碧山青，峰秀谷幽，拍出图片来，特别富有层次感和立体感，画面也更具诗意和美感。今天后半程的天气以晴为主，虽然路途是以上坡为主，并且也很长（100余公里），可我一边骑行，一边优哉游哉地抓拍着让自己欣慰的风景；因为我是"独狼"，前无要追的人，后无要等的伴，所以，我的骑行，总是不急不徐，不紧不慢，心随流水跃，神随青山舞，不管有多少骑友急匆匆地与我擦身而过，我自依然如风逍遥；路上休息时，把另一个糖李也享受了！

骑到距松多还有20多公里的时候，见许多骑友都在路旁的河边拍照，一个常常在路上相遇的骑友喊我："大哥，快下来留个纪念。"我下到河边一看，原来是一个被藏胞漆成了天蓝色的里程碑，上面的数字是4444。在内地风靡"弃4"的时候，为什么藏胞如此珍视呢？后来听一个藏胞说："4，在佛教里，代表地、水、风、火，这是宇宙最基本的4种元素，之所以崇敬4，是因为人的生命要有所皈依，灵魂才能有所依附。"一个"4"字，让我深深地感受到藏胞所追求的是生命的永恒，而我们许许多多的俗人所追求的则是时髦,这就是有信仰和无信仰之人最本质的区别!

骑到晚上六点多钟时,阴沉沉的天空让山中有一种将夜的感觉,流水中也让人感觉正荡漾着夜的影子,当路上看不到一个行人之时,那种天地的寥落,真让你深切地感受到一个人的渺小啊!七点来钟转过一个山角时,远远地看到前面有些房子,心下疑惑:那是松多吗?走近了,才发现路两边的房子,不是住宿,就是饭店,或是商店,禁不住松了一口气,松多,我到了!

路旁有两个藏族姑娘招呼客人住宿,我问道:"你家有 Wi-Fi 吗?"两个姑娘哈哈大笑,调侃般地说:"一个个都在喊着'歪费,歪费',我们到现在还都不知道'歪费'是个啥东西呢!"

原来松多并不是一个镇子,最初只有几户牧民,后来,骑行者选择了此处作为一个营地,以准备第二天翻越海拔 5000 多米的米拉山垭口,这几年才建了许多新房。并且,一到冬天,这里的人便各回各家了,只剩下一座空镇,所以,哪里还有什么 Wi-Fi 啊!

住下后,晚上许多骑友都去了几公里外的温泉,我没去。第一,我要把这一天的骑行笔记写下来;第二,我咳嗽得很厉害,说明呼吸系统有炎症,已经对明天要翻越 5000 多米的米拉山有了点担心,更怕泡温泉时再损耗体能,让病毒对我构成不可预料的伤害。虽说这也是一个遗憾,但是,只要我能顺利地骑过米拉山,就已经为我的川藏线之骑画上一个几近完美的句号了,何必还要在蜂蜜中加糖呢?

我带的消炎药已经吃完了,吃饭前,我问老板,镇上有没有医院或药店,老板说,只有前边的一个商店卖点药,你去看看吧。我找到了那个商店,老板翻了半天药箱,才找到了五包感冒冲剂,他说,这药对咳嗽有治疗效果,没办法,只好花 20 元把这五包药买了下来,回客栈冲了两包。在这里就这价,就像买桃子一样,抱怨不得的。

残缺的成功胜过完美的失败

8月10日　翻越海拔5013米的米拉山垭口　松多至墨竹工卡

说实话,能骑行来到松多小镇的人们,应该说都是牛人,经历了近一个月的大浪淘沙,坚持到现在真的是不容易,经过了这漫漫长途的历练,他们都已证明了自己是真正的勇士啦!在他们的心中,谁没有在翻越米拉山时做最后一搏的冲动呢?所以,尽管在小镇上,依然还有藏胞司机在兜揽生意:"有去拉萨的吗?"但是,却没有听到有人响应,因为骑到这里,剩下的骑友本来就不是太多了,他们一个个都在准备着翻越了米拉山之后直接去拉萨,或是准备宿营米拉山另一边的墨竹工卡,一路都没动摇,谁还会在最后一搏中认输呢?

出了松多,就是美丽的邦杰塘大草原,山野碧连,峰翠谷幽。尼洋河愈是接近它的米拉山源头,愈是显得清秀婉转。骑友们听着溪歌,逆流而上,望着前方如诗如画的景象,心中氤氲无限的快意;尽管知道一个28公里的大上坡,将把自己送到5000多米的海拔高度上,但是,经过了近一个月的高原洗练之后,哪一个骑士对赢得这样的挑战不是信心满怀?艰难地爬坡,虽然如蚁行蜗挪,让人力疲心惫,但是,我们都已经有了用时间来慢慢地丈量路程的耐心;人生追求中的许多大上坡,需要的就是这样的耐心吧?

海拔愈高,天气愈是变化无常,头上明明还是晴空一片,可前方却黑云浓重,雨线分明,那雨随时都会把你吞没。九点多钟的时候,风雨骤至,甚至还夹杂着一些小小的冰粒,连忙套上雨衣,继续向前;忽然看到了一个女孩,孑然一身在大雨中推车而行;这个女孩的身影我非常熟悉,因为在路途上,常常交错相遇,我从松多出发时,她的男友还在路旁侍弄车子,她推车前行,估计就是在等她的男友……

当初从成都出发之时,一路上可谓是美女如云,当骑程过半之时,还能骑行在路上的美女已是所剩无几了。这个女孩,估计也就是坚持到最后的不多的几个美女中的一个。骑过她身边时,尽管风雨很紧,我还是伸出大拇指向她问个好,点个赞!

大雨直下了差不多一个小时,雨停了,我也离开了溪流,骑上了陡峭的山路上。我前面说过,只要是沿着河溪逆流而上的路,都算是缓坡,一旦路入山梁,便坡度陡增,直上云中,再骑行而上的时候,那爬坡的难度也就折腾你没商量啦!

说实话,高原上骑车爬坡,真正考验骑行者的还真不是坡度,而是高度!海拔超过4500米以上,空气中的含氧量不足一般高度的二分之一,尽管小嘴张得似瓢一般,可就是感觉像打不进气的破气筒,氧气进到肺里,就是充不到四肢,双腿乏力,踏车爬坡,平时可以轻松而上的坡,到了4500米之上的时候,还没蹬几下车子就喘得换不过气来。勉强骑行,也不比推车快多少,还要不停地下车休息,而在这样的上坡中启动车子,又是特困难的事情,推车,往往就是最好的选择啦!

米拉山口的海拔是5000多米,在接近垭口的那几公里的道路上,一个人空身爬坡就已经很吃力了,何况还有载着三四十斤重物的车子呢？别说骑啦，就是推车，也是一步三喘啊！骑友们一个个都变得像成熟的谷穗，低着沉甸甸的脑袋，慢腾腾地向前，当转过山角处的一个大弯后，终于远远地望见米拉山口时，心里却激动不起来，海拔太高，氧气太少，看到不等于走到，还是得一小步一小步地挪着往前走啊。

到了海拔5013米的米拉山口，已是一点多钟了。这时，我才真正地兴奋起来，支起三角架，以英雄凯旋之姿，在经幡飞舞的山口处狂拍。接着，又移车到那块标有海拔高度的石头前，那里人头攒动，咱推车挤不上去，就扎车在不远处，以那块石头为背景给自己拍了几张，以示为曾到此一游留下凭证。

我还没有拍摄过瘾，突然，天空中雷声大作，眨眼间大雨倾盆而下，其来势之凶猛，我连穿雨衣的机会都没有，此时，最先需要防雨的是相机，装进机包用塑料布包好，又快速套上雨衣，再把驼包上的雨罩盖好，才推车到山顶处一商店屋檐下避雨，风大雨猛，刚才淋了一些雨，身上冷得瑟瑟发抖，又加了一件厚衣服，还是不抵寒气。半小时过去了，雨势也不见减小，我实在不想再冻了，心想："只要冲下垭口，出了雨区，自然就不会这么冷了。"

于是，冒雨骑车而下，推车到雨地里时，一个骑友说："雨这么大，能走吗？"我说："我冻得受不了了，与其在这儿被动挨冻，不如主动下山，逃出生天！"

我冲进雨中，车子顺坡溜下，身上冷，还有雨衣裹着，双手冷，可就没处躲啦，暴露在雨水中，被风一吹，疼彻骨髓，真怕手指会失去刹车的力量啊，坚持，坚持，我鼓励自己，再下一点，就出雨区啦，就暖和如夏啦！呵呵，这正是夏天呢。

什么是挑战？就是你不想接受却又不得不面对的现实！挺住！呵呵，常常是不得不挺住！我们常常也就是在这样的"不得不"之中马马虎虎地赢得挑战，这正应了一句老话，不管多么残缺的成功，都胜过完美的失败！

在这种情况之下，我想我溜坡的速度一定不慢，出了雨区后，冷透的身子一直无法缓解，这时才想起来，都下午三点钟了，还没吃午饭呢，能量消耗得如此之大，身上不冷才真怪呢！骑到日多镇时，我第一直觉就是冲进馆子里，要了一碗热面条。

日多镇距墨竹工卡有50公里，好在大多是下坡，路两旁的风景很美，反正溜坡而下，骑得轻松，就常常停车拍照；路边有一个卖黄瓜的摊子，一问价格是三元一斤，就买了三根，一口气吃光了。

晚上六点多钟到了墨竹工卡，发现这里的客栈并不多，原来，一直以来，真正骑行到松多的人并不多，而翻过米拉山后，这不多的人中，又有一部分直奔70公里外的拉萨而去了，所以，像我这样在墨竹住宿的人很少，住宿在这里也就没有什么发展前景啦。

我正在街上转悠，突然看到曾在雨中推车而行的那个女孩向我招手，我走过来，她指着附近的一个宾馆说："这里还剩几个三人间，你与我们俩拼房合住吧。"当然，不管是背包客还是骑行客，为了省钱，拼房住是常有的事。这一个房间是100元，我给了她35元，让她去登记了。

晚饭后，我到街上找药店买治咳嗽的药，却看到了一个小诊所，医生听我说了病情，主动给我开了药方，配了三天的药。我说我都咳嗽了十多天啦，他笑着说："治疗咳嗽感冒，对我来说是小菜一碟。"他把药配好递给我时一再吩咐："吃了这药，会发困，路上一定要小心哦！"我笑了笑说："我是骑行客，不驾车，路上犯困，骑在车子上也睡不着，不怕有危险！"吃了他的药，症状确实缓解了许多；到拉萨后，还有一天的药没吃完，药竟然找不到了，呵呵，我就没有再治，后来回到家中，咳嗽不治而愈啦！

慢慢地享受拉萨河大河谷景象

8月11日　墨竹工卡至拉萨

昨天翻过米拉山海拔5000多米的垭口后,几乎是一路下坡,到达墨竹工卡,这上上下下的一天,正好骑了100公里,当许多骑友都不顾翻越米拉山的疲惫直奔70公里外的拉萨而去时,我可不想跟他们走,而是选择了住下。

说实话,最近这十多天来,愈是接近拉萨,我的心愈是趋于柔软,愈是有一种把路途拉长的渴望和冲动!大美的川藏线,我实在不忍心让这样的骑行草草地收场啊!

自成都出发以来,到今日已整整骑了30天;虽然骑行很苦很累,途中又充满着很多不确定的危险因素,甚至常常还要承受生理和心理方面的双重挑战,但是,骑过来了!每天的路途中,那些变兮幻兮的雄艳美景,那些神哉妙哉的宏丽气象,无不让你心荡魂动;那些各具个性的峻拔的大山,那些韵味独出的秀灵的流水,那些碧满旷野的高原牧场,那些绿浓色黛的原始森林,那些晶莹剔透的冰川,甚至那些寸绿不染、苍凉旷渺的峰头,都有着让你窥而忘返、望而息心的灵韵大美;盛景无处不在,仙境触目可得,为啥要那么急于赶路呢?

从墨竹工卡出发,虽说是一直沿着拉萨河顺流而下,因为水阔流缓，已经没有了下坡的优势，与骑平路相差无几。这一路，被骑行者称之为大河谷的景象，沿河一带，是空旷的冲击平原，植被丰润，青稞满谷，两岸青山，峰耸岳连，谷岚壑霁，秀拔天然，尽管河谷里正在修一条高速路，影响了一些原始的意韵，但依然是瑕不掩瑜，一路之上，我还是拍摄到了许多撼人心魄的迷人景致。

路上，又遇到令狐老弟，自从金沙江畔第一次相遇之后，几乎我们天天都会在途中交错而逢，每次我们都互致问好，因为我们俩拍摄景物的选择不一样，所以，一直都不曾同路而行。他骑得很悠闲，并对我说："大哥，拉萨就要到啦，一想到川藏线的骑行，马上就要画个句号，心里还真翻腾着让人有点不舍的感伤，可是，我们还是得向这个让人充满向往的神圣的终点骑过去啊！"说完，他发现了自己喜欢的景物，停车了，我继续向前。

进了拉萨市区，我们竟然又见面了，我看到他在前面正打电话，我停在他旁边，等他打完，我说："老弟，你订了旅馆没有？"他说："刚和骑伴通了电话，他们昨天都已经到了拉萨，住在莫利斯旅店，也已给我订好了床位，你想咋整啊？"我说："你打电话问问你的朋友，看看可有床位了。有的话，我们住一块儿。"他一问，旅店还真就剩一个床位没订出去。

住下后，我提着相机和三角架，我最佳的拍摄位置，老板说，旅店的楼顶上，正对着布达拉宫的后面呢，视角可好啦！我爬了上去，看着布达拉宫那红红的宫墙，心里真有无法诉诸语言的万端感慨，我一边拍照，一边一遍又一遍地自语："拉萨，我来了！布达拉宫，我来了！"

晚上吃饭的时候，我问令狐老弟："东北人喝酒都是海量，不知老弟咋样？"他说："也不咋的。"我说："明天不骑车了，我们今天就来瓶青稞酒吧。"他说："喝什么青稞酒啊，不够劲，来瓶二锅头，今天一醉方休！"他的两个朋友只喝啤酒，这瓶二锅头，我们一分为二，后来，我说自己不胜酒力，他又多倒一些到自己的杯中，结果，这一晚，我醉了，令狐老弟更是醉得比我还透！

拉萨，我来了

经历了川藏线约 2300 公里、整整一个月的激情浪漫而又艰辛卓绝的骑行，我终于来到了自己心中的圣城——拉萨，看到了代表着它无限荣光的布达拉宫，看到了肃穆的宫墙托起的辉耀青天的金顶！

我来了，我真的来了！这不是梦，不是高原缺氧所产生的幻觉，因为那座雄踞于布达拉山之巅的红色圣殿，就耸立在我的身边，几乎触手可及！

这条朝圣的路，不知连着多少人热切的向往，但那一路的重重险阻不知也曾让多少人望而却步；高原之上，那一座座考验着人们的信心、意志、毅力、虔诚和灵魂的大山，还有那挑战着每个人生理和心理极限的漫漫长途，都横亘在那里，这让每一个骑行者无可回避！

不管这一路承受了多少的磨砺，拉萨，我来了！我用自己的双脚带动的车轮，丈量了川藏线上的每一寸路程，心灵痛饮了川藏线上每一寸的美丽，我完成了我人生岁月里的一次真正的具有朝圣意义的壮举；当我的目光投向布达拉山之巅的时候，我看到了神的微笑，因为它知道在我的心灵深处，一路之上，感悟到了比骑行更高远的东西……

　　其实，在我们每一个人的灵魂世界里，谁没有一座渴望抵达的圣城？骑行者不过是用他们的骑行，创作了一则寓言，他们渴望告诉读者的就是：只要你不畏艰险，一往无前，抵达圣城，将是早晚的事情！

　　有人创造命运，有人被命运创造；当我们主动地去接受自己本可置之度外、冷漠以对的挑战时，我们就进入了创造命运的程序里，这个程序，可以是一次旅行或骑行，可以是一生的成就卓越、铸梦成真的奋斗；如果你不去主动地创造命运，就一定会被命运创造，创造与被创造，角色的转换，就在我们的一念之间！

第二辑

骑行者的浪漫诗旅

浪漫的心灵

浪漫的心灵，仿佛是一片不安分的轻云，那每一阵的流风，都有可能把她带向不可知的远方；她渴望着自己像一个灵动的音符，能融入山之歌的吟唱里，融入水之曲的演奏中；她渴望着在这样的旋律中跃动，渴望着在这样的节奏里徜徉……

其实，谁又会缺少这样浪漫的心灵呢？谁又不想让自己的生命里氤氲着诗意禅韵的美丽？谁又会望着那神秘的远方而没有飞临神境的冲动和向往？浪漫，是造化天植于我们灵魂深处的种子，只是人生苦短，即使你有意经营，也难得从这些浪漫的种子里培育出几朵鲜丽的花朵来，所以，心动更需身动，方能得到一缕缕的花香来慰藉自己的生命。

人生的意义

春天的时候,一个骑行到两千公里之外的青海湖,去亲近一下这个静躺在高原上的蔚蓝之神的梦想,犹如一粒在春风里萌动的浪漫的种子,开始从我的胸中强劲地抽出芽来,随着它的疯长,一种渴望到那片依然充满着古海蓝韵的波浪中痛饮的冲动,一次比一次强烈地撞击着我的心灵……

或许,在亿万年之前,我就是游弋在那片古海碧波中的一条鲸鱼,在六道轮回中,这个深藏于灵魂里的记忆,仿佛又一次被那遥远的涛声所唤醒,一种渴望回溯的本能一旦被触动之后,就有可能在蝴蝶效应的作用下,演化成一场欲望的风暴,盘旋于我的胸中,从而把我变成了一只被这欲望所控制的狂野不羁的虬兽,并朝着那向我发出一声声呼唤的远方无所畏惧地前进!

其实,谁的灵魂深处不曾在无意间被唤醒过某种美好的渴望或神往?然而,曾有多少人,真正能把虚幻的梦想谱写成生命岁月之页上的浪漫诗行?有人说,果敢的行动,是打开一切智慧和大美之门的钥匙,想想也是,历史上有多少伟大的业绩或为人称道的建树,不都是其创造者像足球运动员那样,冲过重重围堵,甩掉层层包抄,凌空果敢地来一脚所创立的呢?不管你有多高的天赋，也不管你有多大的本事，没有勇气抬脚破门者，与庸人何异？

　　人生的意义，常常就在自己的抉择之中，没有行动，就永远也寻不出"意义"二字的真切内涵！

　　于是，当暑假到来的时候，我果决地推车走出了家门！这虽算不上什么创举，但是，我却因自己无所畏惧地把期待之球踢向了我的愿景之门，而让胸中有了一点点的自豪感……

借山河的灵气铸人生的卓越

这次骑行去青海湖,应该说是我给自己的一个新的挑战,在此之前,我一直是一个背包客,是一头行走于寥落山野、穿越于幽峻谷壑的驴子,曾遍游新疆,纵横蒙古,四去西藏,两转大香格里拉(指川滇藏交界或与之毗邻的大片区域),走了许多人不敢走的路,看了许多人不曾看到的风景,感受过许多人无法体验到的天地大美对灵魂的撞击……

其实,我如此酷爱旅行,应该说还是趣出有源的。在我还是一个中学生的时候,就曾听到过这样一句透人魂魄的话:"一个能被江山河岳的灵气透润的生命,必将成就非凡卓越的自我!"

那时,我还不能真正明白这句话的内涵,面对未来,我的心中还是一片迷茫,只是在我 14 岁那年,上天顾怜,让我这个被老师同学公认的已无药可救的顽劣少年,在没有任何征兆的情况下,突然从胸中冒出了一个"一定要成为优秀生"的狂念,并且,这狂念又像是一颗在春天里暴裂的种子,以无法掌控的态势,在我的心灵深处疯长起来。从此,一个重塑自我的过程拉开了序幕,两年后,我便跻身成绩佼佼者的行列。后来,我便常常想:"如果当初没有那个狂念的诞生,我的命运会是什么样子呢?"

我常常这样问自己，并不是最终成为优秀生的这一结果，给我带来了什么值得骄傲和自豪的东西，而是在其后的岁月里，在我胸中又诞生了一个更加狂妄的念头，那就是"一定要成为人间的卓越者！"当年，成为一个优秀生，在两年的时间里，我就赢得了挑战自我的胜利，可是，要成为一个人间的卓越者，你就是付出整个一生的精力，也未必就能成为一个非凡的挑战自我的胜利者！我看到过自己身边的许多人，一生苦苦追求而终无建树，也知道历史上亦有无数铸梦者终是梦幻一场，我不想步他们的后尘，我渴望着能借助某一缕的清风，把我梦想的帆船送到成功的彼岸！

　　我找到了这缕清风了吗？幸运的是，我想起了那句江山河岳的灵气对成就自我的霸意凛凛的箴言！一个人要想成为人间的优秀者，苦求数年，只要你达到了规矩不乱、技艺娴熟的境地，一般来说，你就已经步入了优秀者的行列，与当年，我苦学两年，便步入了优秀生的行列没有什么大的差别！

　　然而，你想成为人间的卓越者，便不仅仅只是万花丛中有你在笑，而是要求你必须一枝独秀、奇峰孤出；你所追求的人生大梦，必须创意迭出、不落窠臼，方能不负平生，成为万众仰慕的佼佼者；所以，修行者众，得道者寡，如日辉映、如月朗照者，更是凤毛麟角了。尽管我是一个愚钝之人，这样的道理还是明白一二的，而关键的问题是，作为一个普通的淹没在苍茫的人海里就再也找不出来的人，上天竟然给我的胸腔里装了一颗特别不安分的心！所以，为了不至于无端地让自己消没于蝇营狗苟的芸芸众生之中，我决定要借江山河岳的灵气，以补我自身灵性的不足……

　　大块无言可为师，万象有灵宜作朋。我相信只要愿意与之亲近，身魂必将受到大块之智慧与万象之灵气的陶润和幽泽，从而让我愚拙的本性得以升华为秀质灵骨，从而助我完成自己的人生大愿！

于是，当我成为工薪一族后的第一个暑假，我便开始了用自己微薄的薪水，托起了行走天下的脚步，我从最初的名山大川走向了秘境圣地；从一个童鞋，走成了一头强驴；从一个文学爱好者，走成了一个能写出现在这样优美而富有灵性文字的作家……我把自己走成了人间的卓越者了吗？没有，距离还非常遥远呢！所以，我还将继续坚定不移地走下去，还将怀着一颗感恩的心，师天地而友万象，化愚蠢而为秀质；我依然坚信一个能被江山河岳的灵气透润的生命，必将成就非凡卓越的自我！

磨难让结籽的欲望更强烈

走出家门的最初两天，一直都是平路，映入眼帘的也都是一望无际的平野广畴，由于久旱不雨的缘故，干热的空气里，弥漫着被风刮起的烟尘，路边的庄稼，也一株株都像是在焦渴中再也迈不动脚步的灰头土脸的旅人，正默默地祈祷着一场骤然而至的甘雨……

经过这些大片的蔫了吧唧的禾田，我的心头并没有什么感伤，我小的时候时常住在乡下的外婆家，她就告诉过我："适当的旱情，才能激发庄稼结籽的欲望，雨水太充沛了，就会引发疯长，棵怪大，却不结实！"

其实，庄稼的成长也和人一样，必须承受一定的磨炼，迎接一定的挑战，方能结出颗粒饱满的籽实来。古人说："天将降大任于斯人也，必先苦其心志，劳其筋骨，饿其体肤，空乏其身，行拂乱其所为，所以动心忍性，增益其所不能。"大道无形，物我一用，所谓人生的苦难或坎坷，不过就是大化为成就我之未来而做的铺垫罢了；人，应该说也是一株会行走的禾苗，愈是灾难频发，便愈是有着更加强烈的结籽的欲望呢！

当然，人与庄稼不同的是：庄稼循于自然之道而运化自我，秉承天意而不节外生枝；可有的人，则自以为聪明之至，稍有不顺便怨天尤人，以为整个世界都在欺骗他，都在欺负他，一脸的苦相，一腔的苦水，在这样的人面前，一株稼禾，一棵小草，都可以骄傲地自称是天地间的强者啊！

是啊，一棵小草，不管它经历了多少磨难，它依然会以花朵为诗赞美生命，它依然会以籽实为歌颂扬上苍，那么，作为万物之灵长的人呢？我们更应该充满创意地去经营自己的人生。渴望平凡者，你就在生活的琴弦上，奏起禅韵悠悠的小桥流水；渴望卓越者，你就在命运的舞台上，用自己绝伦的演技去展现一场千古的风流，这样，你就激情了一生，浪漫了一世，活得风生水起，估计就不会再在乎"成败"二字了吧？

有追求必有青春

　　那天，出了巩义不久，路遇一老骑士，自称"风之翼"，我则自报网名"心融自然"。因为两人都是孤骑独旅，自有一分"同是天涯沦落人"的亲切感，便在不觉之间，把车踏在了同一节奏点上。当然，我们俩唯一不同的是他正急切地赶着骑回渭南的家，而我的青海湖之旅则刚刚开始……

　　风哥面黑鬓白、肌健骨实，一看便知，是那种热衷于户外运动的老人，虽已年近70，却步履坚实，踏车如飞，特别是他说自己已骑行了50余天，游遍了东北三省，行程6000多公里时，真让我对他由佩服升华到了崇拜的境地啦！

　　风哥说，退休前，他是某个机关单位的领导，也算是炙热一时的人物吧，由于应酬过多，不觉之间，竟落下了一身的毛病，退休后，更是由于心理上的严重失衡，从而导致了大病一场。后来，他忽然明白："人来世上，是来享受生活的，而不是来受虚荣驱使的，自己是生活的主人，而不是虚荣的奴隶！"

　　出院后，他一扫心灵天空里的阴霾，开始谋划着在今后的岁月里，怎样来挑战过去的自我，最终，他选择了骑单车，并准备把自己的身体练得足够强壮的时候，就去骑行天下，享尽人间的美景胜境。

俗话说："有追求，必有青春！"向上的心力，往往是提升体力的原动力，经过了两年的锻炼，一个曾经蔫了吧唧的病汉子，华丽地转身为一个神勇铁骑，并以"风之翼"自居。这几年里，他曾南下四川，东游安徽，两次骑行青海湖，这次去东北，一转就是几个省，历时近两个月，他明年的计划是骑行青藏线。他说："骑行的意义，并不在于你骑过了多少地方，也不在于你欣赏了多少美景，重要的是，你给自己的灵魂找到了方向！苦也好，累也好，因为车把在自己的手里，方向在自己的心中，你便会真真切切地感受到这是在为自己的梦想淋漓尽致地活着！"

一个多么令人可敬的悟道者啊！骑行，真的就是修行！任何一个人，只要他的灵魂有了方向，便不会在虚荣和物欲的尘世中迷失自己心性的本真。

到洛阳的时候，风哥说他约好了去看一个老朋友，我们便就此分手。因为龙门石窟我几年前就已经看过，看时间才四点多钟，就一个人又向前赶去。

梦之花孕育命之果

早上，从住宿的新安县城出发，我穿梭在人流中，不断地向人打听怎样找到西去的310国道，显然，一个披挂在身、行色满脸的骑士，推车走在大街上，是很扎眼的，许多人都会主动亲切地与你打个招呼，突然，一个骑着山地车的年轻人停在我的身边说："大哥，准备去哪儿？"看他的行头，虽不像是骑长途的人，但就这身骑行装扮，已让我对他有了几分的亲切感。天下骑行客，不管天南海北，一照面，都会热情地互致问好，即便是在飞速的骑行中，也会彼此竖起大姆指致意。共同的爱好，常常是飘洒在人们心灵琴弦上共鸣的音符。

我说："我在找310国道，准备往三门峡的方向走。"

他说："那正好，我们一道走吧。我就在三门峡大学读书，今天回学校。"

小伙子很帅，也很壮实。新安距三门峡差不多是100公里，他竟然选择骑车往返其间，可见也是一个充满个性的人。他说："你就叫我小许吧，我的网名是参禅天地。"

我说："天啊，你这网名真够磅礴大气、夺人魂魄啦！与你相比，我的网名'心融自然'可就缺少了你这网名的宏阔的气势啦！"

虽说我们是行驶在国道上，但依然是坡多平地少，尽管上坡如蚁行，下坡如飞镝，可小许始终不离我的前后，得空我们就聊上一阵子。

他说:"我最羡慕的就是那些行走天下的文人骚客,还有那些叩山问水的诗雄禅俊,他们无不怀着一颗济胜之心,登临徙倚,寻幽探奇,神逸造化,志蕴胸臆,诗出有江山之气度,文成具风月之情怀,这样的人生,是何等地激情浪漫?大哥,你说这样瑰丽的人生之梦,会成为我未来生命岁月里的一支绽放的花朵吗?"

说实话,现今的大学生中,像小许这样脱颖潇洒的年轻人并不在少数,他们博览群书,才具秀拔,对生活充满着无限的向往,如果他们在尘境俗化之中能一直保持着这样澄澈的心灵,不迷真性,将来必会有所作为。

我说:"有梦想,就会有远方;你坚实向前的跫跫足音,便是你谱写梦想之歌的铮铮音符。比如现在的你吧,当许多人都选择了乘车的轻快之时,你却选择了骑车在这岳重峰叠的山路上往返,这就是你的果敢,也是你的创意,更展示了你勇于挑战自我的个性!我们说,一个人要把梦想变成现实,靠的就是这样的果敢、创意和独具的个性。不要怀疑那梦想的种子,会在你生命的岁月里开出鲜丽的花朵,你更要坚信这花朵还将结出能慰藉自己灵魂的硕大的果实呢!"

小许说:"大哥,你可真会激励人啊!你这一席话都说得我有些热血沸腾了。"

我笑了笑说:"我哪里有那么厉害啊,只是我用自己的双脚,踏着我当年也像你今天这样梦想的节奏,一直走到了现在而已。我是一个天性愚拙之人,如果你也像我一样执着,肯定将会比我有所作为,比我还要厉害呢!至于书嘛,从家里出来时,我还真带了两本,就是准备送给有缘人的。"

我起身从车上的包里掏出一本,小许说:"大哥,签个名,是必需的!"

小许接过我签下大名的书,认真地把它放进挂在身上的包里,他说:"大哥的书,我得静下心来细细地品味,通过交谈,我已从大哥的话里感受到了一种心灵相通的快感和畅意,我想大哥的文字,一定将像阳光一样,更能透进我的灵魂深处!"

到了三门峡后,我谢绝了小许请我去品尝地方特色小吃大刀面的好意,看看天色尚早,便向陕县的方向骑去……

几天后,在一家网吧里,读到了小许用QQ邮箱发给我的邮件:

大哥好!

我简直是怀着一颗崇敬的心,一口气读完的你的《走向梦中的远方》一书。大哥集作家和旅行家于一身,那笔下流淌的文字,自然是景中有境,境中有情,山能与你谈诗,水能与你论禅,神游于你磅礴大气、文采飞扬的字里行间,胸中自有一种心灵融入自然的大超脱、大自由和大自在的喜悦感……

人们说,旅行,是旅行者的精神盛宴;我从你的书里,真正地理解了这句话的内涵,并且,也真正地感受到了这宴席上一道道美味佳肴对精神味蕾的冲击。你的书,仿佛就是造物主通过你的手,递给我的一份去他的自然园林里畅游的邀请函。大哥,你捎来的这份请柬,让我的梦想之火燃得更加炽烈,让我到自然美神的圣殿朝拜的决心更加坚定!大哥的信念是:灵魂里开满了鲜丽的花朵,生活中才能收获到香甜的果实!我坚信在以后的岁月里,这也将成为我的人生真言!

当许多人都以人生苦短为由而消遣岁月的时候,你却认为人的生命,是一支能在天地间行走的灵性逸宕的花朵,应该让它淋漓尽致地绽放,才不负上苍让我们生而为人的顾怜;所以,大哥总是怀着一颗感恩之心,对造物主让自己以有限的生命能尽情地享受天地间的永恒之美而充满感激之情;你说,旅行,往往能让一个人最接近极限地享受到挑战自我的快感;你说,旅行,就是修行，透过天地万象而参得的灵韵妙悟，将泽被你人生的方方面面；你说，一个从没有登临过险境的人，他永远都无法感受到那种仙境的雄美对灵魂的震撼；你说，我们只有把岁月当成一条贯穿自己整个生命过程的旅途，那么，我们才能走出生命的激情，并且，也才有可能把自己也走成一道美丽的风景线……

大哥的游记，可以说是在你与山川的神意交汇中，从心灵深处流淌的诗章。你的著述，展卷便看到你是以《心灵与风景》开篇，你说，大自然与人的心灵，有着相互印证、相映生辉的禅缘，物我相融，天人合一，我们便能感受到天地间的大美，会如莲花般的怒放，会如皎月般的辽朗。《走向梦中的远方》一书，大哥是以《诗意行走的背包客》来收尾，更是耐人寻味，你写道：人生于天地之间，谁没有一颗对大自然的雄丽之美充满渴望、对神秘的远方充满向往的心灵？诗意的行走，曾是多少人怀揣的浪漫之梦？然而，只有那些勇于听从心灵的呼唤和拥有探险精神的背包客，才能把炽燃的梦想装入行囊，像一头激情四射的"驴子"一样，驮在背上，走向他们憧憬的远方……

我的梦想，就是要成为这样一个怀着美丽心灵、诗意行走的背包客！如果有那么一天，机缘之门洞开，我愿意与大哥一起走向梦中的远方，一起去：

目收山野的辽阔

心融广漠的苍茫

让青春的音符

在流浪者的琴弦上奏响……

气盛则雄，魂雄则霸

　　骑过了西安，终于遇上出门之后的第一场喜雨，历暑久旱的原野，登时焕发了勃勃生机，原本蓬头垢面、精神萎靡的稼禾，在绵绵无边的雨浴中，一株株绽绿吐翠、气宇调畅，从它们那摇曳的身姿中可以感受到它们都在和着风的节奏，向着苍天，欢唱着古老而又神秘的赞美之歌，不知不觉之中，我仿佛也化成了一棵能飘逸于雨中的禾苗，痛饮着甘醇，陶然醉然地加入了这曲自然之歌的合唱之中……

　　苍茫无边的烟雨，总是容易唤起人们心中的遐思漫想，特别想到自己正置身八百里秦川的腹地，一种历史的厚重感，便萦然跃上心头。昔日的秦国，虽然四面关隘重重，但是，若没有这片渭水滋润的关中平原，敞开胸脯，养育了无数志大心雄、肌健骨壮的三秦子民，那么，它的霸气，终难转化成霸业……

　　其实，我们每一人的生命，也都是一个生气勃发的秦国，每一个人的天赋里，也都不缺少那片被称之为"渭河平原"的沃野，关键的问题是它养育的是一个什么样的灵魂！天下，是天下人的天下，只要你愿意，每个人都可以在自己天赋的基础上，开辟出大一统的帝国！

路过横渠的时候，乍然看到了"张载故里"的字样，顿时觉得这里的一草一木，都让人肃然起敬，因为它们在生命的轮回中，曾经与大师的灵魂一起共饮过渭河的流水，一起享受过这里的阳光雨露，一起聆听过造化无言的教诲……

历史人物，我们永远都要把他放在特定的那个历史的环境中去评价，不管诞生于宋代的理学，曾经招来后人多少的诟病，但是，它依然会在中国的文明史上闪烁着耀眼的光芒，特别是作为一代理学宗师的张载，他的气本论，更把天人合一、体用不二的哲学体系推到了臻境。从他那里我们知道了世界万物统一于气，宇宙森罗，形姿各异，无不是气的各种展现，人乃灵物，心是灵府，因为心气的不同，往往造就了个人彼此迥然相异的命运；比如当年的秦国，地僻物乏，几无与中原各国抗衡的资本，但是，秦人却气雄心浩，胸阔志厉，纳天下之豪俊，竭四海之智慧，蓄数代之国力，至嬴政之时，其胸中已经有了吞吐宇内的雄气，他挥剑一指，顿时，便成就了统一九州的霸业！

悲观者，总是喜欢说往事如风，历史如烟，生前不管多么辉煌，死后都是黄土一抔，但是，谁也无法否认的是英雄伟人，永远都是历史浩卷中的主角，他们豪俊的灵魂，他们传奇的故事，透过岁月的烟云，依然激励着一代又一代的后人……任何一个民族，如果没有层出不穷的卓越者，那么，它们就将失去自己的魂魄和精神！

行走于三秦之地，心中涌着莫名的感动；走进被雨水冲刷的净无一尘的张载祠内，独自一人盘桓在静雅空旷的大院里，那一座座古老的建筑，那一株株苍虬的古松，恍然让你有了一种穿行于时光隧道里的感觉，凝立于大师的像前，天空中仿佛有一个声音在振颤着我的耳鼓："气聚则生，气散则灭；气盛则雄，气郁则衰。欲立别开生面的人生，必有异于常数的生气；胸襟者，气之本体；命运者，成败卓庸，无不是气贯于其间，如行云流水，氤氲磅礴，随其生发……"

心活了，生命才生机勃勃

浩漫的秦川，静躺于秦岭与北山之间，自东而西，犹如菩萨手中的那只倾置的玉净瓶，过了宝鸡，两山骤然闭锁，只留下一道幽深的峡谷，以供渭水奔腾喧嚣其间；两岸峰耸岩悬，狼牙交错，可谓是抬头一线天，低首一道渊……

俗话说，仙境，都在险境中。当我一头扑进峡谷之时，一种如梦如幻的景象，顿时乍现于我的眼帘，绵绵的细雨之中，峰岳叠翠，云结雾绕，山黛水绿，谷壑空蒙；山色格外的幽碧，峰峦出奇妖娆，渭水分外激越；置身谷底，逆流而上，临山畔水，踏风而行，秦岭仿佛是在铮铮地弹琴，渭河仿佛是嘤嘤地唱歌，当你把自己的心灵融入了大自然之中的时候，你感觉到的便不再是一个人的孤独，而是一个人的灵魂与整个宇宙的同欢共舞，真正的旅行者，他们孤独的行走，往往并不是为了逃避什么，而恰恰是为了享受灵魂的另一种境界的热闹！

一个人的旅行，不管是穿越于峡谷之中，还是行走在广漠的莽原，也不管是置身山野，还是泛舟于江海，如果心灵的琴弦上的旋律，不能与自然之曲的节奏合拍共鸣，那么，形单影只的孤独，真的会让你感受不到旅行意义的存在，大块的文章，必须靠一个足够强大的心灵，才能从造化的笔下读出诗意的修美、禅韵的狂喜；当你的心灵被天地的大美所感动的时候，造物主也会让她的笑意传递到你的心底，这笑意，便是涌入你胸中的灵感，在这样灵感之花的芬芳中，有多少创意的果实，会在人间诞生啊！李白的诗、苏轼的文、石涛的画……当然，他们都是千古不朽的大师巨匠，但是，凡是酷爱天地大美的旅行者，他们虽不一定会有巨作问世，可他们哪一个不是都拥有着一个卓尔不群的灵魂？

当然，在旅行中，许多人也和我一样，并不是刻意地选择特立独行，因为志同道合的旅伴，往往可遇而不可求；虽然我赞美了一个人旅行的安静，常常是一个人的灵魂融入了大化的热闹，但是，我依然觉得旅行当如参禅，禅是鲜活的，一入极端，便禅趣全无。最喜欢这样的一个公案：有一个老婆婆在山上盖了一间茅屋，专门供养一个僧人静心参禅，并让自己的孙女天天给他送饭。三年后，老婆婆为了试探僧人的禅机，就让孙女从后面抱着僧人，让他说一句话，僧人说："枯木依寒岩，三春无暖意。"老婆婆闻后怒道："依然是个俗汉！"一气之下就把僧人赶走了。在老婆婆看来，一个人参禅，竟把自己参成了枯木寒岩，行尸走肉，哪里还有一点点的生气？老婆婆的当头棒喝，让僧人心下有所觉悟，便请求婆婆再给他一次机会，让他更好地反观内心，以求修得正果。于是，老婆婆又供养了他三年后，依然又派了一个青春少女去试探他。女孩从身后紧紧地抱着僧人，让他表个态，僧人温和地说："朗月照清潭，碧波纳晶辉。你心，我心，你知，我知，莫道与婆婆知。"老婆婆听了这句话，从心里笑了，因为自己供养的这僧人，终于从一个禅和子，羽化成了一个得道者。

好一个"朗月照清潭，碧波纳晶辉"！一个人的心活了，世间的一切，便都有了韵趣，旅行亦然，并不在于人多人少或什么样的形式，关键在于你对旅行意义的追求和认知！

命与运

旅行，应该说其本身就是一场浪漫的探险，一次充满激情的挑战，而勇于参与到这探险和挑战中的人，谁没有一个充盈着诗意和胆气的灵魂呢？所以，当这样的灵魂一旦在途中邂逅，那么，一种惺惺相惜的情愫，便会像曼妙的音符撞击着彼此的心弦，这或许就是一场以山原川野为舞台而拉开的生命诗剧的序曲……

青春靓丽的女孩，总是会像夜空里的月亮一样，容易吸引住男性的目光，她那素辉独灿的柔丽，难免不让你为之心生无限的怜意。菁菁可以说就是这样一个女孩，在她的身边，我感到自己心跳的节奏有加速的趋势；虽然我不知道她来自何方，但是她的出现，让我原本静态的旅行之诗，一下子变成了两个人此唱彼和的旅行之歌。并且，我能感觉到她也非常喜欢这支歌，喜欢在这歌的旋律中快乐地舞蹈。任何一个人，只要是在与异性的独处中，都会变得非常敏感，甚至敏感到能从对方的一言一行、一频一笑中感受到彼此的心律是否跳在共同的脉动上……

我和菁菁邂逅的地点，是正处于穿越在崇山峻岭之中的天巉公路上最崎岖曲折的地段，时常一个坡就是十几公里，溜坡时，车轮呼啸，激爽而下，耳边只有风之语；上坡时，常常只能推车，在此之前，这上坡是一个人的无奈，现在，却成了两个人交流的平台，前后相随，边走边聊，可以发发山长水短的感慨，可以论论人情世态的俗雅，海侃山聊，漫无边际，既不会担心有人笑你幼稚浅薄，也不用害怕有人说你故作高深。

菁菁说："大哥，你相信命运吗？比如今天，我遇到了你，这是不是命中注定的事情呢？"

当菁菁提出这个问题的时候，我看到她的神色是凝重的，我说："有可能，就会有发生，而发生即命运！我们每一个人，从出生的那一刻起，便开始了面临着两种可能：生与死！死，是每个人命运的终点，或早或晚，它都将不请自来，就在我们说话的这一刻，谁也不知道它会不会骤然地降临……"

说到这里，菁菁的脸色陡变，面如死灰，她声音有些颤抖地说："大哥，我求你了，以后别再提'死'这个字好不好！我只想听听你对命运的认识。"

我笑了笑说："好，那就说生。俗话说，人活一口气；也可以这样说，正是这口气的强弱，决定了一个人命运的走向！气是什么？它既是生命之基，更是精神之元；气盛，则生命鲜活，精神勃发，特立独行，卓然自持；气浩者，必然心雄，他们不信命，反而其运常随；不祈祷，反而神明暗助；气弱，则生命萎顿，精神弥散，心无定见，行无定向，人云亦云，人趋亦趋，稍有不顺，也只会怨天尤人……人生于世，运各不同，命也？气也？"

菁菁笑了笑说："大哥的妙论，真让小女子耳目一新啊！那你说说，我今天与大哥的相遇，到底是命呢，还是气呢？"

我说："命是万有之门，气乃机缘之根。所谓万有，就是只要活着，我们就会面临着种种的人生机遇和际遇，关键是你有没有勇气去采摘这些机遇或际遇的花与果！本来你我，若各自安于家中，人海苍茫，你我虽有相遇的可能，却不一定有相遇的机缘，偏偏在这些日子里，你我都浩气冲天，义无反顾地选择了独自踏车向着青海湖而去,你车毁于途,我正好经过这里,我们就相遇了,你说这是机缘巧合也行,你说是命中注定也未尝不可,如果你我从心里为这一相遇而对上天充满感激之情的话,那么,说这是我们的运气也可以,就像中头彩一样,既然有头彩可中,至于落到谁的头上,那就是运气啦!呵呵,寂寞的旅途中,遇到了菁菁,我是不是也算中了头彩啊?"

菁菁嘴一撇说:"还头彩呢,只要大哥别像丢包袱一样把我给扔了,我就算是烧高香啦!"

梦里的哭声

到达通渭的时候天已是黄昏，在街上吃罢晚饭回到下榻的宾馆，菁菁冲了凉后，一脸疲惫地说："大哥，我今天实在太累了，你洗衣服的时候，也帮着把我的也洗洗，可以吗？"呵呵，看她的样子，还真把我当亲哥哥啦！我说，哪有不可以的呢？看我很乐意地接受了任务，她说声大哥真好，便上床休息了。

说实话，一天骑行一百多公里的路程，何况还是穿越在一会儿爬上山顶、一会儿落入谷底的大山之中，别说是一个女孩子，就是我这个大老爷们儿，也都累得够呛呢，若不是行走在一路的风尘中，汗水早把衣服一天浸透了无数遍，谁住下后还愿意洗衣服呢？

半夜时分，应该是睡得最香甜的时候，突然，我被一阵哭泣声惊醒，急忙开灯，一看，菁菁还在梦魇中呢；我走到她的床前连摇了几下，才把她唤醒，泪花还依然盈漫于她充满恐惧的双眼里，当她看清是我躬身站在她床前时忽然坐起，抱着我放声哭了起来，此刻，我还真怕这哭声把房东给惊醒招来了，若说我欺负她，可就坏啦！我连忙坐在她身边，把她抱在怀里，轻轻地安慰她说："菁菁不哭，是不是做噩梦了？"

她躺在我的怀中又哭了一会儿才平静下来，她的头枕在我的胳膊上，说："大哥，我又梦见我爸爸了。死神竟当着我的面，把我爸爸拉走，我拦也拦不住啊！"

我心里一怔，问道："你爸爸现在好吗？"

菁菁的泪水又流了出来，她哭着说："我爸爸是个电工，在我12岁生日的那天，刚吃了中午饭，就接到局里打来的电话，让他去处理一个紧急停电的事故，当他准备出门的时候，我心里突然有了一种不祥的感觉，这感觉是从来就没有过的，就拉住爸爸说：'今天是女儿生日，你就别去上班啦。'爸爸笑着说：'那怎么成啊？晚上下班回来再陪你去看电影。'然而，下午就传来了他出事的消息……"

说到这里，菁菁已经泣不成声。菁菁的不幸，也在霎时间碰到了我心灵深处的那个最疼的地方，也忍不住痛哭了起来，我想起了我那早丧的母亲……

菁菁坐起身来，推了推我说："大哥，你怎么也这么伤心地哭了？"

我擦了擦泪水说："你的不幸，让我也想起了我的母亲，她是病逝的，在她过世的那天晚上，她紧紧地把我抱在怀里凄婉地说：'这孩子，没了娘，今后可怎么活啊！'虽然那时我才六岁，还不太懂事，可这句话，一直萦绕在我的心中。后来，我长大了，每次去为母亲添坟，我都不会忘了告诉她老人家：'母亲，我一定要活出个人样来，让您放心！'今年的清明节，我把自己出版的第一本书，写上'敬请母亲大人阅评　儿子'的字样，一边烧，一边说：'您的儿子还是挺为您争气的，他已经有了自己的书，可以供献给母亲了！'我知道听了我的话，我的母亲一定会为儿子取得的成绩而欣慰地开怀莞笑呢。"

听了我的话，菁菁叹了口气说："你母亲虽然去了，她却留下一个为她争气的儿子；可我的父亲留下的却可能是一个短命的女儿啊！"

菁菁的话让我大惊，心里顿生疑窦："莫非她身患了什么绝症？莫非她有什么想不开的事情……"不觉间，我瞪大了眼睛看着她说："你别吓唬我啊，人活在世上，可没有什么过不了的坎儿。是不是遇到了什么自己无法逾越的人生难题了？"

菁菁深深地叹了口气说："大哥，说了你也帮不上忙。深更半夜的，打扰你休息了，你去睡吧，明天我们还要赶路。谢谢大哥给我的安慰，我现在心里好多啦。"

如果别人不愿意说的事情，那一定有她自己的理由。于是，我起身下床，菁菁轻轻地拍了拍我的背说："没想到大哥也是和我一样的苦命孩子，怪不得我们一见面，就如此亲如故旧呢。"说罢，她还微微地一笑，向我做了个鬼脸，让人感到心里暖暖的。

机缘之门

通渭有一种非常让人口馋的小吃：荞圈圈或叫荞麦圈。早餐的时候，菁菁吃了两个，一直赞不绝口，所以，上路之前，我一下子买了十来个，带在车子后面；又买了一些水果，也用塑料袋子装着绑在车子上；再加上几瓶水，真的是琳琅满目了。菁菁开玩笑地说："大哥，你都成了货郎啦，是不是还准备沿途叫卖啊？"我说："这里山深路险，说不定就只有一个买主呢！到时候，可别怪大哥随行就市、漫天要价啊？"菁菁开心地说："想乘人之危，敲诈小女子啊？哼，准让你血本无归！"

是男人，谁没有怜香惜玉之心呢？

出了通渭，一上路，这大山就给了我和菁菁一个下马威，这坡又长又陡，没完没了，七月流火，太阳一出来，就显示着它炙烤的威力，菁菁力小，骑不上坡，我也只能陪着她推车而上，累得我们气喘如牛，汗如雨下，走一段，就得歇一会儿，出的力不少，行的路却不多。每次休息稍长一些的时候，我都会给菁菁削个苹果，或剥个橘子，递到她的手上。有一次，她一边吃，还一边取笑我说："大哥真会哄女孩子啊！是不是对每个女孩都这样呀？"我说："菁菁在大哥的眼里可是个天下独一无二的好女孩，理应受到大哥这样特别的礼遇呢！"她开心地笑着说："估计不论是哪个女孩子，在你面前，都会感到幸福得忘乎所以啊！"

　　这一路真的是人烟稀少，已经走到下午快两点了，除了一个小卖部让我们补充了几瓶水外，一直没遇上一个可以吃饭的集镇，菁菁可饿坏了，我在路边的树荫里，铺上雨衣，把能吃的都拿在了上面，荞圈圈便成了我们的美味珍馐。

　　菁菁说："大哥真是神机妙算啊，你咋就知道这一路上没饭吃呢？"

　　我说："只要是在路上，我们就要适当准备些干粮；旅途之上，尽管满眼都是美景，可一旦饥渴难当的时候，你便举步维艰，满心里都是苦楚啦！肚里无食，你便迈不动双脚；腹中无书，你便写不出好文章。所以，为了让这一路的风景不至于成为菁菁心里的苦楚，我怎能不有所准备呢？一旦你不高兴了，我心中将是多么难受啊？"

　　菁菁呵呵地笑着说："大哥这说得还真是一套一套的哟，连吃喝走路在你这里，都充满着哲理之美。大哥真棒！"

　　自从旅途上有了菁菁这个人美嘴甜的女孩为伴，她便像夏日里的清风，一扫我往日一人骑行的落寞，速度虽然慢了一些，却更有了韵味和诗意，这样的旅伴，会让你觉得她本身就是一片净明的蓝天，一朵飘逸的白云，一条灵动的河流，一座秀蔚的山峦……这片蓝天，让你心有所依；这朵白云，让你魂有所归；这条河流，让你能够畅饮；这座山峦，让你能够采撷到醉人的鲜花……旅途上，你可能会与许多人擦肩而过，但只有造化为你打开一扇机缘之门的时候，你才会遇上一个可心可意的好旅伴！

　　旅途上，有一个好旅伴真好！

　　每一个踽踽独行于旅途之上的背包客或骑行者，从内心深处好好地祈祷吧，愿上天也为自己大大方方地打开这扇让人期盼的机缘之门！

路遇地震

通渭到定西，一路几乎都是上坡，虽不足100公里，却足足用了一天的时间，直到晚上才到定西县城。因为太累了，所以，这一夜睡得特别香甜，直到早上七点多钟，菁菁还赖在床上不想起，我说："今天一定要早早地赶到兰州，去晚了，就吃不上正宗的兰州牛肉面啦。"菁菁说："为什么啊？"我说："晚了，饭店都关门了啊。"菁菁说："大哥又在骗我呢，但是，为了兰州牛肉面，起床喽！"

菁菁盥洗后，我们正在收拾东西，突然，感觉整个楼都颤抖了起来，房间里所有物件，都在发出"呼呼啦啦"的声音，我和菁菁也站立不稳，都赶紧扶着床坐下来，菁菁吃惊地问："这是怎么啦？"话音还没落，又是一阵摇动，这下，我俩刹那间都明白了，同时发出一声惊叫："这是地震！"

我拉起菁菁，有些踉跄地向门冲去，但是，门还没打开，就觉得整个世界又都沉静了下来，我打开门向外探头看了看，整个走廊并没有一个人走动，窗外映射着明媚的阳光，我真有点怀疑刚才的一切是不是错觉……

我回到房内，那从桌子上滚落在地上的旅行杯，告诉我刚才确实发生了让人有些毛骨悚然的事情，菁菁坐在床上哭了起来，她眼泪汪汪地看着我说："大哥，我好害怕！"我走过去，抚着她的肩膀说："没事了，看来是这附近的某个地方，发生了强烈的地震。"

菁菁说："我怕，是因为我能感觉到死神的影子，一直跟在我的身后，刚才，那不是地震，一定是他走近我时迈出的让大地颤抖的脚步！"

她的话，让我想起了那天谈起死她骇怖的样子，想起了她梦中的哭泣，我说："是不是你的心灵里，一直都无法驱散父亲的死所带来的浓重的阴影？"

她说："父亲的死给我带来的心灵的阴影，已随着时间流逝而渐渐地淡化了，可另一个阴影，却越来越强烈地控制了我的灵魂，我愈是想摆脱，它愈是更快地向我靠过来啊！"

她说，父亲死后，她年少的心灵里一直都充满着自责，以为自己那天虽然有预感，却没有尽心地把父亲留在家里，每每想到此，我都是以泪洗面，神色恍惚……有一天，一个算命先生路过她家门口，看见她后，二话没说，就指着她对母亲说："看这孩子的骨相，很难活过20岁啊，要不要我来给她看看八字，脱出生天……"当时，菁菁母亲也因丧夫不久心境极差，听他如此口吐狂言，恼怒至极，一顿大骂将他赶走了。随着年龄的增加，那个算命先生的话竟然像一个无法挣脱的魔咒一样，越来越紧地套在了菁菁的心灵上，菁菁的耳边，也总是有一个声音越来越大地对她说："这孩子，很难活过20岁！""大哥，你知道吗？我的20岁的生日就快到了，一想到这一天，也是我爸爸的忌日，我都快要疯了，我从来都不信神的，可是，随着我的生日一天天临近，我竟然真的渴望着能有一个神灵，来帮我破除当年那个算命先生的咒语啊！我知道青海湖被称为最大的圣湖，在我的生日临近的时候，我在一天天地走近它，或许，借助神灵的能量场，那死神靠近不了我……"

说到这里，菁菁看着我说："大哥，你是不是觉得我特幼稚？其实，我也是一直在用我表面的快乐来掩饰着我苍凉的内心，我的内心世界，我从没有告诉过任何人，包括我的妈妈，我竟然向你毫保留地和盘托出。不知为什么，我一见大哥，心里竟然顿生一种安全感，我甚至能从你的一举一动、一言一行中感觉到父亲般的温暖，甚至有想在你的怀里撒娇的冲动，大哥不会说我是个坏女孩吧？还有，你知道吗？我出来的时候，是告诉我妈，我是和一帮同学一起出来旅行的，如果她知道我是一个人，她一定会担心死的，幸亏我遇到的是大哥，一个能给我安全感的大哥，从我看见你的那一刻，我就能感受到你不仅将带我去朝谒圣湖，你还能把我带出死神的魔掌，说不定今天，就是因为有大哥在身边，死神才不敢靠近我，他只是跺跺脚，就被你给吓跑了呢！"

听了菁菁的话，我的心也渐渐地放松了，我笑着说："在菁菁的心里，我竟然比死神都厉害啊！好了，有大哥在你身边，一切坏事都不会发生了。"

菁菁笑着依在了我的身上，说："大哥，抱我一下。"呵呵，她真的就像一个在父亲的怀里撒娇的小女孩呢！

出了定西，本来我们是骑行在天巉公路上的，可走着走着，却发现骑到G30高速公路上了，幸亏这条路的车流不大，停车道又宽，再加上一直都是下坡，更幸运的是还是顺风，我们的骑速竟然一直都在30码左右，真过瘾，中午12点多，就到了兰州。菁菁的小脸像盛开的鲜花一样笑着说："大哥，没耽误吃正宗的兰州牛肉面吧？"

这一天，菁菁的心情格外好，我们没在兰州停留多久，便继续西行，到了某一个镇子的时候已是下午五点钟了，正好碰到一个骑友在那里找住处，他说这里的宾馆特贵，准备骑往下一站（我们行的方向正好相反）。一听说贵，我们也不准备住在这里了，就继续向前，正好有一个当地人，问他前面最近的大镇是什么，他说是海石湾，离此约30公里，我们一算，七点钟能赶到。两个小时后，我们到达了一个镇子，以为是海石湾，就问一个老乡："这是海石湾吗？"他说，不是，这是花庄，离海石湾还有30多公里。一听他的回答，我和菁菁都晕了，都走了两个多小时了，竟然还有30多公里！还好，花庄有旅店。

生命之船的航与港

出了花庄，便一直沿着湟水逆流而上，一阵子是高山峡谷，一阵子是平野苍茫，奇妙的地理形貌，让骑行者车轮滚动的节奏不断地变化，平路上像行云流水般舒展，下坡时有着疾风骤雨般的狂狷，上坡中又充满了弦涩曲凝的零乱……

在一次爬坡爬到精疲力竭之时，菁菁顿时生出一种畏难情绪，她叹了口气说："如果现在躺在家里的沙发上，一边喝着茶，一边看着电视，那是一种何等的享受啊？"

我问道："是什么东西，让生活中极寻常的事情，变成了顶级的享受？"

菁菁笑了，她说："也真是的，平时吧，喝喝茶，看看电视，不过是为了打发无聊的时间，也算是无为中找点有为的事情做吧，谁知人在旅途，这竟上升到了极品的享受呢！"

我说："能说出'无为中找点有为的事情做'的菁菁，也应该是极品的大学生啦！对于我们每一个人来说，无为是一种生活的常态，有为则是一种精神的寄托。比如，只从宽泛的意义上来说，我们都是芸芸众生中的一员，只要基本的生存条件满足了，我们都可以无为地走完自己由生到死的一个轮回。但是，当一个人有了精神的诉求，有了渴望成就某种伟大或卓越的冲动和信念，那么，他的人生轨迹，便有可能是运行在无为与有为之间的一条波澜壮阔的起伏曲线；有为，可以让人的灵性发挥到极致；无为，又可以让人的身心得以休养生息；所以，如果把我们的生命比喻为帆船的话，那么，无为便是港，有为则是航；如果我们学会了艺术的生活的话，那么，这港与航，无不都是人生中最快意畅魂的享受啊！"

菁菁说："听大哥说话，也是一种享受啊！大哥的每一句话，传递给我的都是正能量呢。怪不得人们会说：'读万卷书，不如走万里路；走万里路，不如听高人点悟！'大哥就是我遇到的高人啦。"

我听后哈哈一笑，说："我哪是什么高人啊，只是比你多虚度了一些年月，经历的事情也比你多的缘故。再说你刚才的话，大哥就不同意。读万卷书，可以说是感性的认识；走万里路，是理性的察识；而高人的点悟，不过是知性的升华。如果你的心中没有万卷书和万里路的底蕴，别说高人，就是神仙也点化不了你哟，没有知性的肥沃的土壤，就是再好的灵性的种子，也开不出花来。所以，万卷书，万里路，高人点悟，此三者，是并存关系，根本就不是递进的关系啊。"

说到这里，几辆大卡车从我们身边轰然而过，等它们远离之后，我又接着说："我们的生命这条帆船，如果你只是想让它窝在港湾里，一任其在岁月里老去，那么，作为船长的灵魂，可以不学无术地长睡于船舱里，但是，一旦你渴望去远航，那么，你不但要掌握关于航海方面的所有的知识，更要常常到海上去经经风浪，然后，若有高人给一些指点，你肯定将心领神会，不然，高人再点，你也是心中一盆糨糊，绝不会有醍醐灌顶的明畅哟！"

菁菁点头称是，她说："这网络上有许多类似这样的话语，大都以偏概全，以后要多向大哥请教，以免被其误导噢。"

这一天的山路特多，途中还有一阵子淋雨，走到乐都，虽然才晚上六点钟，菁菁便累得不想再走了。

信仰

　　从乐都出发之后，菁菁突然问我："大哥，你是一个有信仰的人吗？"

　　我很坚定地回答说："是的，大哥是个有信仰的人！"

　　"那大哥信仰的是哪种宗教或神灵呢？"

　　我说，我身既不在任何一个宗教团体，我心也不相信任何一种神灵，但是，我坚信：在宇宙万物之上，有一种运化自然、主宰一切的力量，那就是劈混沌、开鸿蒙、一展乾坤辽阔、万象峥嵘之美的道！我们置身的这个世界，之所以如此秀蔚璀璨、生机勃发，就是因为万物皆安于此道，循于此道，所以，才有乾旋坤转、生化无穷的演进；我们人类，是万物的灵长，如果也能循依此道，那么，我们既可以像万物一样，怡然无为地安度岁月，也可以开发自己的灵性，化聪明为智慧，启潜质为创意，从而成就自己卓拔绝伦的人生！老子李耳曾把道比喻为水。水，总是流之向下，不争无为，却能成其浩瀚，为什么呢？就是其在不争无为之中，渐渐地做大了为而想为能为的自己啊！若其升腾而为云，则幻化无际……人若能以水的心态立身处世，以云的精神进取向上，那么，必将卓然一世、怡然一生！

菁菁说:"大哥信仰的道,与宗教中的神灵有什么关系吗?"

我说,道,不是神灵,而是存在于宇宙间的一种规律,一种能使宇宙造化达到美的极致的规律,而我们自身,就是一个小宇宙,所以,道也能让我们自身的生命达到美的极致,因为我的信仰,不具外在的形式,它只存在于我内在的精神世界里,所以,它几乎是在潜意识里引领着我,去享受大化的安逸和创意的生活;而宗教,是人们的心底在深深地感到自己的无奈和无助中渴望得以拯救的产物,所以,法力无边的神灵便应人们需要的意识而悄然诞生,并且,也随之诞生了相应的崇拜仪式;当人们信仰神灵的时候,就会试图通过某种膜拜的形式或仪式,以获得现世的幸福或灵魂的救赎,而道的信仰和禅的悟入,都主张以自然造化为师,引领自我去打开内在心灵世界的智慧之门,所以,禅与道,虽然信仰不同,却有异曲同工之妙!

菁菁说:"大哥太高深啦,但是,我听懂了,知道对神灵的崇拜,是由内向外追求的救赎,而道的信仰,则是渴望外在的宇宙精神内化为生命的大智慧,从而获得灵魂的大解脱和大自在。"

这一路,我们几乎都在讨论信仰的问题。

乐都距西宁只有几十公里,中午就到了西宁市中心,吃饭的时候,菁菁说她想去塔尔寺,去抱抱佛脚,或许能借助这只佛脚,踢破那道让自己快发疯了的魔咒。虽然说这话的时候她看上去很轻松,但是我却能感受到她内心的凝重。

出了西宁市,竟然一直都是上坡,开始,菁菁还骑得动,后来,连推车而上都很费力,累得菁菁直吐怨言,后来,不知我说了一句什么惹毛了她,向我发泄了一通火气:"你不是说你来过塔尔寺吗?这一路都是上坡,难道你就不知道吗?看我骑不动了,你快乐了吧?"

她的话弄得我一头雾水,我说:"我曾经来过不错,那是坐汽车去的塔尔寺,哪里知道骑车的艰难呢?"

她气哼哼地说："别狡辩了，想累死我吧？这样你一个人骑车就轻快了。要是怕我拖累你，你就明说呀！"

我的天啊，这都是哪儿跟哪儿啊？我也有点生气了，就说："你要是怕累，不想走了，我们只要车子一掉头，就一溜烟儿地回到了西宁，何必发这样的火啊？"

听了我的话，菁菁也不再理我，她负气地骑上车子就向前走，一会儿就蹬不动了，又推着车子走，看着她可怜巴巴的样子，我心里再也气不起来了。这时，我才想起她此时身上正有不便，昨天的路上，还有一阵子痛得直不起腰来，这才是她的情绪突发之源呢。

于是，紧蹬了几下，用车子拦在她的前面，停了下来，我走到她身边，双手搭在她的肩膀上说："都是大哥不好，惹菁菁生气了，如果你还不能原谅大哥，就狠狠地打哥哥几下吧。"说着，我拿起她的手，就往我的胸膛上打，可她突然抱住我说："大哥，其实，我的火并不是因为你得罪了我，而是女孩子身上有事的这几天，心里总是有一种无名火，只不过拿当你一次出气筒罢了，大哥不会生小妹妹的气吧？"

我笑了笑说："哪里能生可爱的菁菁的气呢？如果妹妹觉得心里不舒服，尽管拿哥哥出气好了。我们骑行在这漫漫的长途之上，就是心情好的时候，时常还会累得有些郁闷呢，如果没有好心情，还不让人崩溃啊？你说，是不是啊？"

菁菁在我脸上吻了一下说："好了，我没事了，跟大哥在一起真好，在女孩子面前，没错也愿意认错，我都不忍心再欺负你啦！我觉得你根本就不像个大哥，倒像个憨厚的大男孩儿！"说着，她又在我的鼻子上用手指点了点："你就是个大男孩儿！"

在一段稍平坦的路上，我们正奋力蹬车向前的时候，突然发现前面有几个磕着长头去塔尔寺朝圣的藏民，他们神情专注，一步一叩，根本就不理会与其擦身而过的我们，在他们前面的不远处，是一个拉着一辆装满生活用具架子车的藏族小姑娘，菁菁试图与小姑娘交流几句，可小姑娘只是很友善地笑着，并不说话，我掏出一张50元票子交给菁菁，让她递给小姑娘，小姑娘声音很轻地说了一声："扎西德勒！"

告别小姑娘后，菁菁说："给人家钱，这合适吗？"

我说："在藏民的心里，资助朝圣者，这既是一种功德，也是一种善行，因为朝圣者路上的生活，有一部分都是来自一路上的化缘，所以，施者与被施者，他们所得到的快乐是相当的，并不存在合适与不合适的问题。"

菁菁说："他们为什么要采用这种极端的方式苦修呢？"

我说："修行，本来就没有什么固有的方式或方法，他们选择的就是他们认为最适合于自己的，朝圣的路，就是他们的灵魂走向神殿、融入神性的路，就像我们每一个人追求自己的梦想一样，每个人所选择的奋斗和进取的路可以不一样，但都是把我们内在的梦想与外在的生活融为一体的路……"

我想起了我们见面那天菁菁提的问题，我说："你曾问过我相不相信命运的问题，是吧？你知道吗？藏族人，虽然信仰佛教，信六道轮回，但他们并不相信命运是天定的，因为在他们看来，人在世上修行好了，便可以改变命运，提升命运，不至于坠入恶道之中。如果把我们的这次骑行也看作一次朝圣的修行的话，那么，它一定会改变我们生命中的许多东西……"

不等我说完，菁菁就接过来说："但愿这次骑行，能破除我生命中的那道魔咒！"

我笑了笑说："我佛慈悲，你来了，佛祖哪里还能忍心看着这样一个美丽可爱的小姑娘，受此心魔的折磨呢？阿弥陀佛！"

菁菁看着我，也非常开心地笑了。

这一天骑的路不是太多，却很辛苦，到塔尔寺之后，就先在寺旁不远的地方找了住处。洗去了一天的风尘后，又漫步寺中，大门的两旁，整齐地悬挂着许多很大的经筒，不时地有一些当地的藏民，一边转动经筒，一边念念有词。

菁菁说："大哥，他们念的是什么？"

我说念的是六字箴言"唵嘛呢叭咪吽。"为了获得更准确的念法，菁菁拦住了一个刚转完经筒的藏胞说："大叔，能教教我六字箴言的念诵方法吗？"藏胞非常认真地教了几遍，聪明的菁菁很快便会了，然后她又问："大叔，这六字箴言的真义是什么啊？"藏胞说："这六字箴言，是用来达成我心与佛心相通相融的密咒，其真义就是：在这诵念密咒中，你的心会像一滴水一样，融入佛心的海洋之中，佛便能帮你度脱六道众生，破除六种烦恼，修六般苦行，获得六种佛身，生出六种智慧。姑娘，如果你有什么心障需要破执的话，便可通过箴言，让你心融入佛心之中，让佛帮你解脱吧。"

藏胞的话，显然触动了菁菁的灵魂，她谢过藏胞之后说："我要去转经筒。"

她很认真地依次转动着经筒，口中轻轻地念诵着六字箴言，我跟在她的身后，也很虔诚地默念着箴言、转着经筒……你可以不信宗教，不信神灵，但是，在某些特定的时候或环境中，你的灵魂会被那种宗教的精神所感染和感动，你甚至会感觉到那神灵真实地存在！

在回宾馆的路上，菁菁还在一遍又一遍地默诵着"唵嘛呢叭咪吽"……

（注：六字箴言的念法，唵 weng 嘛 ma 呢 ni 叭 bei 咪 mi 吽 hong）

母爱与佛法

　　塔尔寺，因为是藏传佛教黄教的创始人宗喀巴大师的诞生地，所以，许多的朝圣者不辞辛苦，以各自的方式前来拜谒；至于来寺中观光的游人，多的时候，用"摩肩接踵"这个词，也不算为过吧。

　　我和菁菁早早地便来到寺里，清晨的阳光里，有几个磕着长头的藏胞，到了如意八塔之下的时候，便起身长揖，然后，低首躬身，虔敬地用额头去触碰塔前的碑座，转了三圈后，又跪拜着，向建在山上的殿堂而去……

　　菁菁目送着他们消失在那八座白塔后的身影，说："大哥，你知道吗？此刻，我的胸中正腾涌着渴望和他们一起，长跪而进的冲动！可惜我不是教徒，难入神的恩泽之中啊。"

　　我说："佛家以慈悲为怀，普度众生，不管是有情，还是无情，皆泽被在普天同照的佛光里，怎能说难入恩泽呢？"

　　我去买了门票，随着人流，进入了寺庙的核心区域，一座座金碧辉煌的佛堂前都有一些圣徒，在不断地磕着长头，殿内则是一尊尊威严凛凛的佛像，整个寺庙中都笼罩着一种让人心凝神滞的肃穆，即使一些导游的声音在制造着喧嚣，可这肃穆也依然能使你的心里满是空寂……

说心里话，每次走进寺庙，我都会想起我的母亲，尤其是走进塔尔寺的大金瓦殿，在面对大银塔的时候……

在大银塔前，导游的讲解也最动情："……母亲送宗喀巴去西藏学习佛法之后，却又思念焚心，便常常到儿子出生的地方，暗暗流泪，后来，母亲的苦念，感动上天，在大师的脐血泼洒之处，竟长出了一棵菩提树，母亲知道儿子已经出家为僧，献身于佛，恐再难以见到儿子，这是上天怜见，给自己的慰藉啊！见树如见儿，小树在母亲泪水的浇灌下日渐成长，为了更好地保护小树，不被牛啃羊嚼，母亲就天天去捡一些石头，堆在小树的周围……后来，宗喀巴圆寂，此树便枯死，但它延伸的根却扎满了一寺的菩提树……再后来，就以他母亲堆起的石头为中心建起了一座宝塔，再在塔外起寺，这也就是塔尔寺的来由。这座寺庙，既是母爱的见证，也是佛法显现的印证……"

走出了大金瓦殿，来到了一棵枝叶茂盛的菩提树下休息，菁菁看着我已被泪水浸红了的眼睛说："大哥，是不是又想起了母亲？"

我说："我的母亲也是在寺庙里长大的。当她才四五岁的时候，得了一场重病，眼看就不行了，外婆就把她送到城里的一座尼姑庵里，对做住持的表姐说：'如果这孩子与佛有缘，或许还能走出生天，不然，就任她去吧。'后来，母亲在住持的照顾之下活了下来，住持视我母亲为己出，不但没让母亲削发为尼，还供她读书……在母亲30多岁的时候，她再一次得了重病，辗转了很多医院也没能治好，寺里还特意为母亲做了一次法事，最终也没能把母亲从死亡线上拉回来……"

说到这里，泪水再一次忍不住冲出了眼眶，菁菁递给我一块小手巾，她叹了口气说："不管我们相不相信命运，你的母亲，我的父亲，他们都是在我们最需要的时候，永远地离我们而去，这肯定不是他们愿意的啊！唉，现在，我又被那个魔咒弄得心神不安，谁知道命运都做了些什么安排啊？"说着，菁菁也感伤地落下了泪水。

我说："我的母亲在小时候，就是在寺庙里得到的第二次生命，不然，也就不会有我，虽然我不信佛，但是，我依然对佛充满感激。"说罢，我拉着菁菁的胳膊说："走吧，让我们诚心诚意地向佛祖祈祷吧，信与不信并不重要，重要的是我们在祈祷中，一定能获得一种心灵上的解脱。"

当走到释迦牟尼佛殿的时候，我生平第一次向佛祖两手合十弯下了双膝，并磕了三个头。菁菁说："大哥，你向佛祖祈求了什么心愿呢？"我说："愿，只能默许，说出来就不灵了。你也去拜一拜吧，有什么心愿，或许佛能帮你达成呢？！"

朝圣者的心

在塔尔寺里盘桓了一个上午，身上沾满了酥油的味道，心里荡溢着佛意的快慰，骑车出了塔尔寺所在的沙鲁尔镇，来时爬坡的艰辛，这一回头，便是飞车直下畅快啦，菁菁颇为得意地说："要是直到青海湖，都是这样的路，该是多么爽啊！"

我说："要是如你所说，这路上的骑行者，肯定就不是只有你我两个人啦！艰险这个东西，是一个仅次于死亡对人性的考量，没有坚定的目标追求和勇于进取的人，是不敢去触碰它的，因为它所带来的疼痛，并非只在肉体上，更多的是在心灵深处，而战胜艰险，靠的往往并非全是体能，更重要的还是意志的作用！这就是为什么那些成功者，虽然不是最强健的人，却成就了人间的卓越，就是因为他们是一群百折不挠、勇往直前、无畏于任何挑战的人。也可以说，意志才是支撑起一个人精神大厦的钢骨！朝圣者，能够长达数月甚至数年地匍匐而行于通往神殿或圣山的路上，并非是他们有着多么超强的体能和体力，而是因为他们有着超强的意志和毅力。如果一个人拥有了一颗如朝圣者一样坚毅的心，那么，这个世界上，便不会再有什么东西阻挡得住他通往理想之国的脚步。一颗朝圣的心，让你首先在灵魂上已经脱出了庸俗，走进了卓越！"

我的话刚一落音，菁菁就竖起大姆指说："大哥说得好！你的话总是铿锵有力，激人向上，能感觉出你是一个内心很柔，但灵魂却很硬的男子汉！"

我说："童年和少年时代的苦难，把我塑造成了一个不可救药的理想主义者，因为那些苦难，已经把我的灵魂提升到了任何一个未经过磨砺之人所难以达到的高度，因为站在这个高度上，很难再有什么阴云能挡得住阳光透进我的心灵深处了！我也一直坚信，只要我一生不放弃自己渴望用以实现某种生命价值的理想，并一直为之奋斗不息，就一定能成功，我可以不早慧，但一定将大器晚成！呵呵，从中学时代，我就对自己的未来充满着这样的乐观主义的心态，现在，我对自己就更有信心啦！"

"为什么啊？"

我没有直接回答菁菁，等到休息的时候，我从车包里掏出那本不久前才出版的新书《走向梦中的远方》，放到了她手里："这就是我刚才说，我对自己更有信心的原因之所在！"

菁菁接书在手，翻着看了一会儿，惊喜地说："真是大哥的大作啊！没想到大哥还是《读者》杂志的签约作家，你真棒！昨天，我还说你是个大男孩呢，这个大男孩，一夜之间，咋就变成了一个大作家了呢？看来大哥一定是个灵性极高之人啦。"

我说："恰恰相反，我一直都是一个愚笨之人，并且，也正是因为我知道自己比别人笨，所以，我才更懂得必须去创意地开拓自己的未来，才能劈开混沌，让自性现出光明，所以，在追求文学和写作上，我没有走一般人的创作路子，而是以人走天下，带动笔走天下，让大自然的灵性，来弥补和充实我自身灵性的不足；如果一个人的文字里，一旦充满了山水的气息，流溢着天地的灵韵，那么，这文字，就一定会充满着透人心魂的力量！看来我选择的路子，还是适宜于我走的……十年前，我成了《读者》杂志的签约作家，现在，又有出版社发行了我的专集，你说，我对自己的未来，怎能不更充满信心呢？"

菁菁说："相信大哥一定会有非常了不起的未来！这本书，就送给小妹啦，晚上到了住地，还要请大哥签上大名呢。有一天，你获得了诺贝尔文学大奖，这签名，可就不是一般地值钱喽！"

"呵呵，托小妹的吉言，但愿能梦想成真吧。"我说，"对于未来，或者说是命运吧，确实有其不可知的一面，所以，我们要有敬畏之心，才不会为所欲为，但是，命运，毕竟也还有可造的一面，对于属于自己能够掌控的那部分，我们也要有无畏之心，才能勇往直前，永不退缩。别说遥远的未来了，就是眼前的路，谁能预知我们会遇到什么变数？所以，在我们敬畏远方的同时，也要无惧我们脚下的旅途，不管坦途，还是崎岖，都要坚信我们定能走过去！"

菁菁说："怪不得人们常说旅行，就是修行。听大哥这么一说，真让小妹心中的茅塞顿开啊！"

又回到了西宁，午饭后，便向着湟源进发，路上，下起了大雨，水流纵横，雨衣上被车轮甩得尽是泥水，特别是穿越多巴镇的那段漫长的路程，更是满路的泥浆，大车辗过，水花四溅，咱是弱者，只得逆来顺受啦！菁菁说："这路上的泥糊子之多，估计是全国的道路之最了吧。"我说："出了家门，什么事情都有可能发生，所以，旅行者，不管遇到什么，都要坦然以对噢！"

果不其然，不可预知的事情又被我这个乌鸦嘴给说中了！

从西宁到湟源，差不多也就50公里，预计晚上七点多钟可以到达，谁知这雨一下，骑速便慢了下来，出了多巴不久，又一头扎进了大山之中，雨晦山高，路曲坡陡，骑车时少，推车时多，到了七点多钟的时候，竟然看到路边的一个标牌上赫然写着："湟源 21公里"。就这几个字，让我和菁菁的头都有些大啦，想停下不走，大山深处，却又找不到集镇可住，我只得安慰菁菁说："或许上了前面这个坡，下面就是一路而下呢！"

菁菁摇了摇头说："大哥，就别安慰我啦，身处此境，只有听天由命啦！体力不够，就只能用意志来凑了，呵呵，看，受大哥的影响，我是近朱者赤了啊！"

大山里天黑得早，再加上雨云如幕，尽管是夏季，八点多钟，便黑得伸手不见五指啦，菁菁竟然出门时没带手电筒，我们俩只有合用一把装在我山地车上的强光手电筒了。天愈黑，雨竟然愈大，我们俩也不再说话，或者说，也已经不再有气力说话，只是默默地前进，或推车，或骑行，偶尔有一两辆灯光刺眼的汽车飞过之后，仿佛是在刹那间让你感受到坠入了地狱一般黑暗；从路两旁突兀而起的黑黝黝的大山上，倾泻而下的是风雨声，前方便是我们的手电光都难以穿透的黑暗。我知道此时的菁菁，一定是在含泪而行；推己及人，我知道此时的菁菁，估计也早已像我一样，精疲力竭，腰酸得难以直起，腿沉得难以蹬车，屁股也难受得不能着座子，但是，绝境中也只有让自己的潜能发挥到极致了，绝境之中，能拯救自己的除了自己，还能指望谁呢？一切，都仿佛是在机械化地运行，我们机械地踏着或推着车子，车子也在机械地向前滚着，铁桶般的暗夜，也在机械般地向身后退缩……

此时，任何的语言都是无力和苍白的，如果不得不说话，反而都变得柔声柔气的，除了机械地前行，一切都显得那么不重要，黑夜、山岳、谷壑、风声、雨声，甚至于连彼此的存在都在被忽略之中，我们的两只也像黑夜一样透黑的眼睛里，也只有前方那灯光仅能达到之处了……

正走着的时候，手电突然暗了下来，我知道电耗尽了，当光度再也达不到路面之时，菁菁几乎是用哭腔说："大哥，看不见路了，我们怎么办啊？"

我们停了下来，幸亏买手电筒时，我多加了一块备用电池。当时，老板还说一般用不着多费钱买备用的，但我还是坚持要，这不，若听老板的话，在这黑如墨池、大雨倾盆的大山之中，那可真的就要我们去感受什么是寸步难行啦！当我换上电池，电光顿时撕破黑暗之时，菁菁破涕为笑，拍拍我说："大哥真有先见之明啊，就连备用电池的小细节都想到了，不然，今夜可就惨狠啦！跟大哥在一起，就是有安全感啊！"

大概是在深夜十一点钟的时候，我们终于到达湟源县，当我们在大雨中立在一家宾馆的门前时，那个女老板非常怜悯我们，赶紧给我们打开一个房间说："这么大的雨，骑行在外，真够遭罪的，快进屋把湿衣服换下吧，别冻着了。"

进了房间，菁菁浑身颤抖，她突然紧紧地抱住我说："大哥，我好冷！"

我知道菁菁的体能已完全透支，我把她扶到椅子上，帮她脱去布满泥水的雨衣，再把她抱到床上，用被子先把她捂起来，让她缓缓气，我去浴室，打开热水，调好温度，这才催她赶快去用热水暖暖身子……

青海湖边的祭海台

天还是一团漆黑,我就被定的闹钟吵醒,借着手机的微光,看到三位姑娘并没有一点动静,便急忙关闭闹钟。寂静中,却听到风雨敲打屋顶的响声,轻轻地下床,刚打开门,便被裹挟着细雨的冷风吹得打了一个激灵,知道日出已是看不到了,就又掩门上床休息了……

七点多钟的时候,我和菁菁都起床了,清凉的早晨,天空中也有成片的碧蓝,只是飘来一块乌云,便会落下一阵雨;瞭望空旷的湖面,天地苍茫之间,被风卷起的层层浪花依稀可见。

我和菁菁洗漱完毕,整理好了车子,小薇和小琪还没有起床,她俩说昨天太累了,想多睡会儿,便和她俩道别,到街上想随便弄点吃的,一问,一个小小的馒头要两元钱,一小碗稀稀的米粥要三元,鸡蛋也是三元……菁菁嫌贵,在我的坚持下,一人要了一碗米粥,一个鸡蛋,还好,我们贮备的有压缩饼干、咸菜等。有一些骑行者,一问饭菜这么贵,就到商店里买了方便面,拿回旅店,自己烧水泡了。说实话,绝大部分骑行客,都不是大款,只是因为热爱,才选择骑行,所以,路途上的费用不得不算计着用;如果你富得流油,千万不要说我们小气,因为我们要用自己拥有的很少的钱财，来最大化地实现我们骑行天下的大梦；穷游者，最风流，因为精神的富有，阅历的富有，才是我们在享受诗意人生的过程中最充满智慧的追求！

出了江西沟不久，雨便止了，虽然云翳还很多，却已经遮不住瓦蓝的天空了。我们几乎一直都是骑行在湖畔，一边是绵延不继的青郁郁的山峦，时有一座孤零零的白塔，或藏民们垒起的很大的飘着经绢的玛尼堆，立于绿坡之上，很是扎眼；一边是如宝石蓝一样的空无涯际的湖水，可以看到湖中的一些小岛隐现于其间，如果你曾经听说过关于这些小岛的神秘传说，肯定还会让你浮想联翩……

中午，赶到黑马河，在这打尖后，出了这个小镇，有一个Y形路口，一条是继续西行的青藏公路，一条便是往西北转向的沿湖路。我们沿着天碧水蓝的湖边油路没走多远，便到了一处标有"莲花生大师祭海台"的地方。

菁菁问我莲花生是谁，我还真被她给问住了，我从没有认真地研究过藏传佛教，虽然莲花生大师的名字早灌得满耳都是，但是关于他是谁，我真的说不出个所以然来，只能摇了摇头，表示说不清楚。恰在这时，我们身边停下一辆小面包车，从车里下来的竟然是几位红衣喇嘛，一个个严肃面孔上的那双眼睛，能让你感受到他们内心的慈善，下了车便径直往湖边走去，在这天蓝海青的空旷里，他们的红衣格外扎眼。菁菁给了我一个眼神，示意跟着他们下去，她紧走几步，赶上一个中年喇嘛，说："师父，能问你一个问题吗？"喇嘛笑了笑，用有点生硬的普通话说："行啊，施主有什么要问的？"

菁菁说："莲花生大师是谁？"

喇嘛放慢了脚步说："莲花生大师，生在印度，是释迦牟尼和观音菩萨的化身，被称为亚佛。吐蕃时期，受国王赤松德赞的邀请，到西藏弘法，是藏传佛教红教的创始人。大师法力无边，他到西藏后，首先战胜了本土的苯教，使佛教成为国教。接着，又征服遍布藏区大大小小的山魔水怪，使他们不但不再为害一方，还都成了佛的护法神灵，保护着一方的平安。相传很久以前，这里曾是广袤无边的大草原，并没有湖，草原上有一眼与海洋相通连的清泉，但用后需用石板将泉眼盖上，以防泉水涌出泛滥。后来，有一妖女嫉妒清澄的泉水给人们带来的幸福生活，便偷偷地将石板搬掉，致使泉水暴涌，随着泉水，海流接踵而至，其水势如山倾地陷，整个草原，刹那间变成了一片汪洋，看到安居在这里幸福生活的人们，一下子都成了鱼鳖，妖女发出了一声声得意的狞笑。当时，远远地住在圣城拉萨正静心打坐的莲花生大师，突然感受到一阵心跳加快，猛睁慧眼，看到了妖女的恶作剧，便立即飞来，并顺手提起路上的一座山掷向正在狂喷的泉口，就是现在湖中的那座倒插山；妖女看到后，也提起身边的一座小山，试图来挡，结果被碰得粉碎，就是湖中那些小岛。莲花生大师飞来，很快便制伏了妖女，使其皈依了佛法，并亲自在此处开坛祭海，为死者超度，为生者祈福，敕命妖女为青海湖的保护女神。"说着，他用手一指："这里，就是当年莲花生大师的祭海之处。"

喇嘛指的就是我们已走到了跟前的一处高台，临海而立，其上经幡幢幢，经绢飘飘，旁边是一堆青烟缭绕的桑堆。喇嘛们从一个自带的袋子里，每人拿出一大把松柏枝，撒在桑堆之上，拱揖后，他们便双手合十盘腿坐于祭坛前，闭目诵念着什么，风推着波浪击打着湖岸，"哗哗"之声，回应着喇嘛们的诵祷……

我和菁菁站在离喇嘛们不是太远的地方，菁菁合十的双手，紧贴在胸前，我发现横溢的清泪，正从她微闭的双眼中流出……她一定又想起了那个魔咒，她也一定在祈祷着莲花生大师的护佑！我不敢打扰她，就一人踏着卵石，漫步于湖滩，当我的目光再一次落到她静立的身影时，胸中突然感到有一种说不出名头的隐隐的痛疼，听着拍岸的波浪声，看着水天一碧的空阔，便不自觉地吟咏了起来：

在拍岸的节奏里
我的心在歌唱
在无边的蔚蓝中
心在神往
渴望于波间痛饮
心却在彷徨
害怕心会像一滴水
弭溶于碧漪苍茫……

当我们再一次上路的时候，菁菁说："大哥，你是不是觉得我特别幼稚？"

我说："如果深究起来，我们每个人都是幼稚的，都是一个长不大的孩子，都有可能被某种不可知的东西而左右，大哥也不例外，常常会被心魔缠绕，所以，我们都无须为自己的幼稚而有什么愧悔或羞惭。"

菁菁开心地笑了，说："大哥真会安慰人。"

晚上，住在石乃亥乡藏胞达哇的家庭旅馆中。

青海湖岸的雷雨和飓风

早上醒来天已大亮，虽然我还有点睡意蒙眬，却隐隐地听到了菁菁暗暗抽泣的声音，我翻身起来，走到她床前，掀开蒙头的被子，发现被头都已被她的泪水打湿，我伏下身子轻轻地说："菁菁，是不是又做噩梦了？"并随手拿了几张纸巾塞到她的手里。

她擦了擦泪痕，我拉她坐了起来，看着她哭红的双眼，真让人怜惜，便想再安慰她几句，不等我开口，她说："大哥，我今天的心情特别不好，你不要再问我什么、再说什么了，我什么也都不想说。"

我拍了拍她的肩膀，点了点头说："大哥懂的。"便自去洗漱去了。

等菁菁梳洗好，住在达哇家里的骑行客已经都出发了，我向达哇要了两份早餐，让他给我们送到房间里，达哇是个快乐的中年人，他看到菁菁，就伸着大拇指赞叹道："小姑娘，真漂亮！"菁菁也被他的快乐所感染，对他笑了笑。

出发的时候，达哇跑到门口来送我们，他说："你们的运气真好，昨天差不多下了一夜的小雨，没想到现在阳光竟然如此灿烂，祝你们一路平安，扎西德勒！"

是的，天空万里无云，一片蔚蓝，大地清秀明丽，远山凝黛；菁菁显然无心欣赏这一路的美景，两眼茫然地盯着前方，机械地踏着车子，我默默地跟在她的后边，遇到入目的景色，便停车摄上几张，直到一条宽阔的大河横亘于眼底，她才抬头看了看桥头上的标牌"布哈河大桥"，停下车子，让我给她拍照。

一望无际的大草原上，突然出现了这么一条大河，确实是太醒目了，并且，河中的一些沙洲上，还出现了许多各色的鸟儿，或驻足，或飞翔，让这片宁静而又寥落的绿野上，平添了几分灵气。过了河，便是布哈河镇（现在又叫鸟岛镇），这里聚集了一些在此休息的骑行者，问他们可有去鸟岛的朋友，都说现在不是观鸟的季节，早已没有了鸟，去了也是白花门票钱。在通往鸟岛的路口处，我和菁菁停了一会儿，果然，骑行者很多，鱼贯而过，却没有一个人拐上这条路，我们便也放弃了去那里的念头。

青海湖西路，应该说是四面的环湖路中一条穿越在湖山之间最美的景观走廊，一边是像巨大的蓝宝石一样滢滢碧透的湖光山色，一边是高度远超日月山的挺拔雄丽的橡皮山，湖山之间，便是时而空旷、时而逼仄的草原；一路上都是画中景致，人间仙域，菁菁的那颗烦燥不安的心，似乎已经得到了大自然的安抚，开始变得活跃起来，她不时地停下车子，跑到草莽丛中，或以青山，或湖水为背景，摆下一个个妙姿让我给她拍照，看到她满面的笑容，我心里的幸福感也像那湖波一样一圈圈地荡漾开来……

行进之间，突觉大风骤起，大片大片昏沉的雨云，从橡皮山后飘来，一个个山头，浓云密罩，雨线分明，不时地还有一声声的闷雷，隆隆传来，回头看看，压顶的黑云直扑过来，噼里啪啦的声音也在身后响起，我对菁菁喊道："我们加速前进，看看能不能一直飞在雨头的前面！"然而，我们还没骑出百米，指头大的冰雹便砸得头盔"砰"声大作，震耳欲聋，身上、手臂上，都被砸得生疼，眨眼间，地上便是白花花的一片。冰雹过后，继之便是滂沱的大雨，我和菁菁停车在路边，刚穿好雨衣，头上"唰"地就是一道惨白耀眼的闪电，随之就是一声地动山摇的炸雷，吓得菁菁面色铁青，急扑到我身上，死死地把我抱住，浑身颤抖不已，我也紧紧地抱住她，不断地安慰她说："菁菁不怕，啊，有大哥在，菁菁不怕！"

风狂雨骤，雷声轰鸣，天地间一片混沌；道道闪电，声声霹雳，仿佛都是在围着我们俩转悠，莫说菁菁，就是我一个男子汉，此时的心中也充满了惊恐，真怕哪一个炸雷，不小心落到我们的头上啊！生活如此美好，人生如此充满希望，谁愿意被意外白白地夺去性命啊？然而，空旷的大野之中，除了我们俩和两辆自行车，其余的就是低到尘土里的小草了，哪里能找到一个庇护之处呢？菁菁把头埋在我的胸前，她已经把我当成了庇护所，可我呢？我知道在一个柔弱的女孩子面前，男人就要保持着大丈夫的尊严，即使是死亡降临，也要像一个男子汉一样，昂首挺胸地去迎接！

都说骤雨不终朝，飙风不终日，让人恐怖的一幕终于过去了，雷电销匿，风雨渐小，尽管还可以看到大块大块的积雨云，依然在远远的湖面或一些山头上肆虐。菁菁抬起头，泪眼里还在弥漫着恐惧的目光，她说："大哥，你别离开我，我心里好害怕！"我在她的额上轻轻地吻了吻说："妹妹是不是在说傻话啊？哥哥怎么能离开你啊！"

虽然风还在刮，但雨已差不多停止了。我扶起两辆倒地的车子说："走吧，风雨过后，必有彩虹。"

然而，我说的彩虹并没有出现，我们骑了大约有40分钟的时候，突然，从橡皮山方向刮来的西风骤然加大，就在我和菁菁试图加速穿越这风区的时候，一股暴强的怪风，从我们的左侧直压过来，刹那间，我们被这股气流顶得几乎飘荡了起来，根本就控制不了车子，我和菁菁像两根折断的枯树枝一般被抛下了路基，重重地摔在湖边的乱石滩里,我顾不得一切,急速地爬起来,向菁菁跑去,她倒在地上,车子就压在她身上,动弹不得,我慌忙把车子从她身上搬开,半跪在地上,问她可伤着没有?她突然折起身来把我抱住,大哭了起来,她哭着说:"大哥,我是不是过不了今天啊?"

我紧紧地抱着她,等她的情绪稍缓了一些,说:"好妹妹,别说傻话啊。来的时候,我就在网上看到过有湖西岸风大的文字,没想到比描述的还厉害啊。估计这里是一个风口,天塌下来压大家,这风又不是为你一人而吹的,难道被这风刮了一下,就过不了今天吗?刚才的瞬时风力,肯定超过十二级,我们快走吧,说不定什么时候又来了一阵呢。"

还好,我们除了身上有些擦伤外,并没有伤筋动骨,我先把菁菁扶到路上,又把两辆车子搬上去,谢天谢地,看来车子的质量都非常不错,竟然没摔出什么大问题来……

我们骑到离刚察还有25公里的泉吉镇时已是天碧野空,湖蓝岸青了。晚上六七点钟,到刚察的时候,发现路边的岔道处有一个很醒目的指路的标牌,大大的箭头后面写着"仙女湾风景区16公里"。

菁菁说:"大哥,那里的湖景一定非常美吧?"我说:"肯定是,明天我们去看看。"

住下后,冲冲澡,换下一身在泥水里滚爬了一天的衣服,我们在去餐馆吃饭的时候,菁菁悄悄地到附近的超市里买了一瓶青稞酒,我还以为她是给我买的呢,就说:"妹妹真心疼哥哥,还给哥哥弄瓶青稞酒喝。"没想到的是,她竟然很坚定地回答说:"不是,今天,我是要大哥陪我喝!今天,大哥就让我醉一回吧,我实在受不了!让我醉一回吧,我不知道自己还能不能看到明天升起的太阳!"说着,泪水早在她的眼眶里转悠了。

看着她,我的心里也有一种说不出的疼痛,这一刻,我突然觉得一切的安慰话都难以抚平一颗正处于崩溃边缘的心！于是，我说："好，今天大哥陪你一醉方休！"

　　我们边吃边喝，她实在不胜酒力，二两酒下肚，已醉得坐不住了，我把她扶到宾馆，给她脱掉鞋子，想让她先睡，可她却死死地抱着我的脖子，一个劲地说："大哥，你不能把我一个人丢在这里，我好害怕！"我一遍又一遍地回应她："大哥不会丢下菁菁……"

　　在酒精的作用下，她很快就睡着了，我给她盖好被子，向老板借了洗衣机，去把我们换下的衣物洗了……

第三辑

大旅迴韵

骑曲独奏，莫缚于机缘

　　天地苍茫，岁月浩荡，在时间的光影里，突然闯进了一个形单影只的骑行客，踽踽而前，这在造物主的眼里，恐怕一点也不稀罕了，他依然让风一样地劲吹，依然让尘一样地飞扬，因为在绵绵不绝的时光里，他看惯了各色穿越这风尘的身影，他知道自己既然赋予了人类以灵魂，便也因此而乐意看到人们在这灵魂的引导下逞其胸臆，畅其志行……

　　这个骑行客，无疑就是我，一个常常喜欢独自上路的行者，一个总是把行止的自由当成最高原则的旅人。因为我既不是一个纯粹的"驴子"，亦不是一个纯粹的"骑士"，如果没有自夸之嫌的话，我更像是一个虔诚的自然之美和精神之美的朝圣者，一路走来，我可能常常会因为偶遇的美境而留恋不前，甚至会因为某种突然袭来的感动，而在随身所带上的小本子上，草草地写下感言……

　　当然，这并不是说我就不喜欢结伴以舒缓寂寞，像所有的酷爱旅行的人一样，我也渴望能有一颗灵犀相通的心，跳动在自己的身边，让自然之美在灵魂里氤氲的诗韵，也能在另一颗心之琴上感受到节律和谐的共鸣；大家都知道这样的一句话："人生最幸福的事莫过于：拥有一个说走就走的自由的心灵和一个愿意陪你走天下的可意的旅伴。"说走就走的自由，完全掌握在自己的手里，但若要等来那个可意的旅伴，却需要机缘；自由的心灵，一旦被机缘所束缚，那还会是自由的吗？还是给自己留一分浪漫幻想的空间吧，说不定这机缘就在那行走的路途上呢！其实，尽管世界浩浩、人海茫茫，可大家都有自己的营营生活，谁能跟得上一个说走就走的洒脱之人的节奏呢？如果机缘偶契，能有人陪你走上一段路程，这已经是天大的造化了，何必还要贪心多求呢？

  去年的高中考期间，由于学校的人员富足，没有安排我监考，便临时起意，决定骑车到千里之外的大别山中去转转，终于完成了漫步天堂寨、徜徉天柱山的心愿；今年的高中考还未到，便已心痒难耐，坐在电脑桌前，常常会把目光扫向挂在身边的中国地图，当看到距我们这只有200余公里的微山湖周围，竟然有几座让我的心灵为之震撼的城市时，一种渴望到这些地方去呼吸呼吸润泽灵魂的空气的冲动，迅速地膨胀起来，一个骑行计划，也便在这一刹那横空出世……

逐大而行

今年的秋收比起去年要来得晚一些，因为去年的这个时间，我正骑行在通往大别山的路上，地里已剩麦茬，如火如蒸的道路上，却铺天盖地都是晾晒的小麦，而今年竟然还没有一丝要动镰的迹象，因为前几天刚刚下过一场暴风雨，大田里成片倒伏的麦子随处可见，估计这也是天气格外凉爽的原因吧。

独自一人，穿行于风中，孤寂无聊之时，其思其想，免不了信马由缰……

多少年了，我的旅行，大都是穿越在雄山胜水、广漠迥野之间；在这样的穿越里，既有大化对自我灵肉的挑战，也有我对自然万象的神往；我总是觉得自己的精神世界，一直都处于十四五岁时期的那个青涩的稚境中，对未来总是充满着梦想，对远方更是充满着渴望；不管我经历了多少人间的世事，也不管我品尝了多少生活的滋味，可我的心就是成熟不起来。当我的许多同侪，都在自己精心编织的关系网中，如鱼得水畅游其间的时候，我却把自己的灵魂，放逐到了由书籍汇聚成的精神世界里；用自己并不是很多的薪水，承托起了自己独走天下的脚板，并且，还一直都陶醉在自己内在激情的种子在文字的土壤里绽放的诗文的花丛里。

有人常常说我有点不食人间烟火的味道，一直都飘逸在精神生活的层面上。其实，作为一个男子汉，我也曾经渴望过成为家庭里的顶梁柱，也曾经渴望过在世俗的生活里强势上位，当然，也曾为此而努力过，奋斗过，最终我还是发现：看似硝烟弥漫的红尘里，根本就没有什么快慰人心的大智慧，只有一些像蚊蝇一样叮咬人，且让你恶心不止的小聪明，我无法在这样的凡俗世界里逐獐猎狍、随波逐流，而且，在心理上我也根本上无法挣脱，从少年时代便牢牢地控制了我灵魂的理想主义和英雄主义的魔咒，最后，我还是决定：与其在庸常的世界中去比拼俗智和琐慧，倒不如在自我的天地中去追求非凡和卓越！

这个决定，无疑是我在年轻的时候所做的一个关乎我一生命运的最伟大的决定了！不然，在单位里，不管我如何风光或年龄怎样增长，我也只能是个小敲小戳的"小"才子，而今，我则梦想着一定要做一个大智大慧的"大"作家呢！

正是因为有这样的"大"梦，所以，当我的目光扫向微山湖周围那几座矗立着的城市时，我才格外感动，因为不管时间如何流逝，时局如何变化，但是，从这几座城市所衍生的传奇故事里，"大"字，永远将是其不灭的灵魂。也正是因为这样的感动，在那感动的一刻里，我便决定这次骑行放弃对山水的追逐，而来一次对"大"的朝拜。

大自然如果说是我们的灵魂之母的话，那么，浩荡于天地之间的大精神，则无疑是我们的灵魂之父！

大气度，大智慧，大功业

经过了一天半的骑行，我在下午两点来钟的时候到达沛县。刚接近县城时，便在宽敞的大路边，看到高挂的有"沛公园""大风歌广场""歌风台"等宣传标牌，一见这些字样，便如狂飙入海般地真让我有些抑止不住地心潮澎湃，好像空气里充满了使人兴奋的元素，每一次的呼吸，都使我的心灵悸动不已。我仰望天空，那里却是蔚蓝色的澄静；我平眺城市，那里亦是苍灰色的宁静；刹那间，心中顿生一种幻象，仿佛这片曾经养育过一代枭雄的土地上，唯有我这一颗心在怦怦跳动……

进入了熙熙攘攘的城市之后，我向一个初中生模样的少年打探歌风台的所在地，他犹豫了一下，顺着街道一指说："沿着这条路，可到大风歌广场，歌风台就应该在那里吧。"

我一边走，一边心下嘀咕："这孩子怎么能这样说话呢？这'就应该'三个字，说明了八成他也对歌风台的具体位置搞不清楚呢。"

到了大风歌广场，果然是一派帝王气象，空旷中，林立的铁旗杆上，高挑的都是铁链编织成的秦汉时帝王之冠上的旒纩状的旗子，广场就背依着一个绿草青青的小山丘，难道那就是传说中的歌风台？四下瞅瞅，空无一人，骑车到很远的一家饭店前问老板，老板向北一指说："你继续往前走，就是沛公园，歌风台就应该在那里吧。"又一个"就应该"，真让我哭笑不得，我接着追问了一下："到底在不在那里啊？"老板娘接过话茬儿，有点自嘲般地说："虽说我们是当地人，可整天忙生意，这景那景的，我们还真没有特别在意过。"

我笑着说了声谢谢，其实，心里却在想："老百姓不刻意在乎自己有着生于帝乡的荣耀，恰恰正是他们心地善良、为人质朴的最好的展现，就如老百姓不关心政治，恰恰就是社会最安稳、政治最清平的最好证明一样。歌风台，在文人骚客的眼中是一种精神的象征，可老百姓并不一定会在意它的存在呢！"

我到了沛公园，果然有一高台，上面是沛公衣锦还乡时，众乡亲向他敬酒的群雕，我骑车在园中转了一会儿，停在雕像前正支起三角架自拍，一个很漂亮的女警察过来说："这里不能停自行车。"我笑了笑，表示接受意见，乘机问她："歌风台在什么地方？"她说："歌风台在城南汉街尽头的龙湖边上。"呵呵，有了这么明确的地理位置，焉能还有找不到之理？

到了歌风台前，一眼望去，确实气派非凡；台上楼宇雄丽，殿堂恢宏，虽说此台已是在原址上的重建，但是，依然让人思绪翻飞；遥想当年，沛公平定天下，衣锦还乡，筑台故里，环视四方，他的胸中究竟有多少豪迈，又有多少忧伤？作为逐鹿中原的得主，他知道稍有不慎，这鹿便会易手他人，到了那时，自己就是想重做一个泗水亭长，都没有可能啊！身为皇帝，也许别人只看到自己的荣耀，可到底能有多少人理解他心灵深处的隐忧呢？

面对父老乡亲诚意的敬酒，他不能拒绝，因为在那杯中荡漾着的是彼此的尊严，是昔日的亲朋故友对自己生命价值的重新认识；酒是醉人的，但是，自己作为一个从闾里走向权力巅峰的皇帝，他的心是不能醉的！经过了这么久的战乱，人心思治、思安、思太平啊！他知道今日的刘氏天下，绝非他一人之天下、一家之天下！他渴望自己的心与万民之心和谐共鸣的跳动，他渴望自己的福祉，与天下的福祉同源！但是，在他的目光所难以触及的暗处，那些心怀叵测之人，将在何时会突然发难……

沛公内心沉静的堤岸，最终被饱含热情的醇酒所冲决，他的灵魂就在这一刹那，随胸中的浩气，喷薄于天地之间，只见他掷杯雄舞、抒臆豪歌："大风起兮云飞扬，威加四海兮归故乡，安得猛士兮守四方！"他一遍又一遍地狂泻胸腑，高台上下，万民应和，其情其景，是何等宏阔啊！也许，正是这一千古奇绝、响彻云霄的祈祷，感动了上天，才让汉祚延续了400年之久呢。

当然，我从不相信上天，更不相信命运。我驻足高台，俯看台下的龙湖，实质上，那就是两千多年前的泗水故道，一个水边的亭长，曾经在那里过着优哉游哉的生活。他诙谐，他幽默，他豪爽，他也时常耍些小聪明，而这些小聪明的背后，确实也掩藏着他内在的大智慧；当然，如果一个人不管看似多么普通，只要他的天性里不缺乏幽默和豪爽的情愫，那他一定就是一个大度大量且暗藏大智慧的人……

如果秦朝的苛政不是到了无以复加的烈度，身为亭长的他，也许更愿意在较为安稳的生活里了此一生……然而，他却在无意间成了朝廷捉拿的罪犯，就在他无处可逃之时，一场轰轰烈烈的农民大起义，就在距沛县只有三百多里的大泽乡拉开了序幕，一时间，全国风云骤起，纷然响应，大片的土地，瞬间便不复为秦所有，原来那么强大的秦王朝，谁也没有想到竟然是如此不堪一击，刹那间，仿佛每一个人的内心深处都听到了上天为秦王朝敲响的丧钟……秦失其鹿，国人都有权得之，谁不想试一试自己的运气呢？昔日的亭长，此时，也按捺不住内心的欲望，他举剑而出，走上了一条危机四伏、生死难料的荆棘路，一条他一旦踏上，就再也不愿回头的将以智慧和奋斗来证明自我生命的伟大和价值的路！

他无疑是一个卓绝的男子汉，随着争战的进程，命运竟然演化成了他与另一个也像他同样伟大的男子汉之间的抉择！一个是平民出身的亭长，一个是贵族出身的将裔；一个凭着自己的宽容大度，在自己的身边建立了一个强大无比的智囊团，而另一个却想凭借自己一身的勇武，取得最后的胜利；命运的天平，终于向着智慧一方倾斜了，平民胜出，一个大汉帝国就是这样，在智慧的光芒里诞生了！一个平民，就这样创造了一个开拓了千秋基业的神话传奇故事……

如今，在歌风台下的博物馆中，对刘邦介绍里，能够看到历史上许多关于天授皇权的记载，仔细分析一下，无不是牵强附会的东西。他成功了，那是他奋斗的结果。在这场以天下为枰棋的博弈中，他一不占天时，二不占地利，在局部的战争中，他何止一次曾被打得落花流水？但是，他却屡败屡战，最终夺得了战争的主动权，何也？正是因为他心宽如海，容得下一个个比自己聪明的脑袋，并放手让他们去指挥着一艘艘战船，把敌方一点点地挤压到了绝境。

沛公的传奇中，可以说隐藏着一个千古不变的真理，真正的强者，是在智慧的炉中炼制而成的！一个人的理想、意志、勇武、力量……如果失去了智慧的统领，他便只能是一介狂夫而已，虽然也可逞一时之雄，但他的愚昧，最终会把他送进万劫不复之境地的……

正当我的思绪还在泗水故道龙湖的波浪中荡漾的时候，一个工作人员走上台来告诉我："今天要关门了，明天八点上班，欢迎你再来。"

大运河的随想曲

沐着晨光,我又到歌风台前盘桓了许久,尽情地呼吸一番帝乡依然畅魂的空气,才一步三回头地踏车东去……

从沛县到台儿庄必经徐州,有一条向东南而去的平直的国道可行,但是,我放弃了。距沛县东十来公里的京杭大运河,在此段内,穿越微山湖西的水域,骑行京杭大运河的西岸,可以说是一举两得的美事。

出了沛县,岔路时现,频频问道,终于来到了运河大堤之上。河滩上种满了杨树,初夏的时节,绿盈河谷,如飘带一般的运河,在林带的疏密之间时隐时现,清亮朗润的水面上,不时地有货船驶过。风清气爽,景色宜人,虽说大堤正在修路,每一辆重卡工程车轰隆隆的过后,都会有铺天盖地的尘土飞扬,但强劲的东南风很快就将这尘土吹向路边,只是可怜了我这个骑行客,不得不迎风而上……幸亏没人与我同行,不然,又该恨我将其引到了如此让人感到悲催的烂路上,而我则是一个把一切的经历都看成天赐恩惠的人,因为灵魂的成长,需要各种各样的滋养,就像唯有在江河里经过大风大浪历练的鲤鱼,才能最终跳过龙门而化龙一样,只不过许多人不曾思索过苦难的意义而已。也许有人会说:"俺不想化龙，所以，也不想受这份罪。"其实，即使你不想化龙，那每一次的苦难，也有让你羽化翩丰的进化。

骑行了好久，才终于在一段林带断开之处的河边发现了一棵杨柳树，驻足凝目，刹那之间，不觉幽思顿发，遥想当年，运河凿成之后，意气风发的隋炀帝，亲率万艘龙舸，向着江南进发，两岸的杨柳，随风摇曳，一棵棵皆如风情万种的少女，都在含情脉脉地注视着这个威仪万千、容貌秀伟的风流天子；作为一个笔韵丰美的文人，如果生逢其时，我想自己也一定就在他御前的随员之中吧，如果真有前世今生的话，那我的这次骑行，也算是1400余年后的一次故地重游啦。

然而，短命的隋朝，让我突然想起了皮日休感伤的诗句："万艘龙舸绿丝间，载到扬州尽不还……"曾经的杨广，可谓是才高志大；率军灭陈，统一国家；登基前经营扬州的十年里，政绩卓然；无不向世人展示了他特别光鲜的一面。然而，一旦登上了权力的巅峰，人性的弱点，便在他的身上暴露无遗。虽然在开科举、征高丽、凿运河等文治武力上，都是他的大手笔，但是，他狭窄的心胸，在这同时，达到了极致。杀谏官智者，以饰己非；屠良臣贤才，以显己能；更为露骨的是，他在吹嘘自己的文才之时曾大言不惭地说："天下说我是以皇家血统而领有四海，可是就算和士大夫一起竞争，我亦当为天子矣。"

那么，真的如他所说吗？薛道衡曾是深得隋文帝赏识器重的才子，他的诗词丽韵美，名冠朝野，特别是他的"暗牖悬蛛网，空梁落燕泥"的诗句，更是广为流传，这让嫉妒心极强的隋炀帝恨得咬牙切齿，于是，找借口诛杀了，看着薛道衡的尸体，他还恨恨地说："看你还能作'空梁落燕泥'这样的诗句吗？"王胄的遭遇，也是与薛道衡如出一辙，临刑前，炀帝颇为得意地看着王胄说："看你还吟不吟'庭草无人随意绿'了！"天下心胸狭窄、鸡肠鼠肚的人多得是，如果不是在天子的位置上，他能把自己的这一弱点，表现得如此登峰造极吗？

　　想到薛道衡和王胄的遭遇，心里多少有些感伤，暗想，即使自己拥有像薛道衡和王胄一样的才华，作为炀帝的治下文人士大夫，敢放任自己内在的灵辉，写出光耀四海的诗赋吗？感谢自己能够生于当今的时代，可以让氤氲于自己灵魂深处的美之情愫，尽兴地流泻于我的文字之中，而不必害怕会因为自己风头盖过某某而招来不必要的麻烦；呵呵，看了这段文字，一定会有人质疑：咋这么自信呢？说实话，我发表在许多杂志卷首的那些辞秀韵足、哲意悠扬的精美短文，我真的自信还是无人能比的，这样的文章，真能拿到当年炀帝的眼前，他一定对我也会像对薛道衡和王胄一样恨之入骨，我不必自夸，相信那每一个都闪耀着灵性的文字，只能从我的灵府里流出！有人说我是卷首之王，自己心里还是觉得当之无愧呢。

　　自信，不是自负！自信，是泽润自己灵魂的甘露，而自负，则是伤己伤人的鸩酒；隋炀帝是自负的，他容不得他人的长处，必置之死地而后快，却也最终落了个"船到江都魂不还"的下场；楚霸王项羽是自负的，有一谋士而不能用，最终自刎乌江边。自负的人，必然心胸狭窄，而自信的人，却魂雄心旷！本人有点化入了禅道之境的意味，只求本然地写作，畅意地挥洒激情，估计已不受自信自负的牵绊了吧。

　　心灵正忘我地神游于时空之中的时候，突然，一辆重卡车从我的身边呼啸而过，扬起的尘土呛得我半天没喘过气来，等一切恢复了平静，不禁有些哑然，呵呵，一棵杨柳，竟引发了我如此漫无边际的畅想！赶忙飞身上车，快意地迎风而去……

第四辑

骑之诗，行之韵

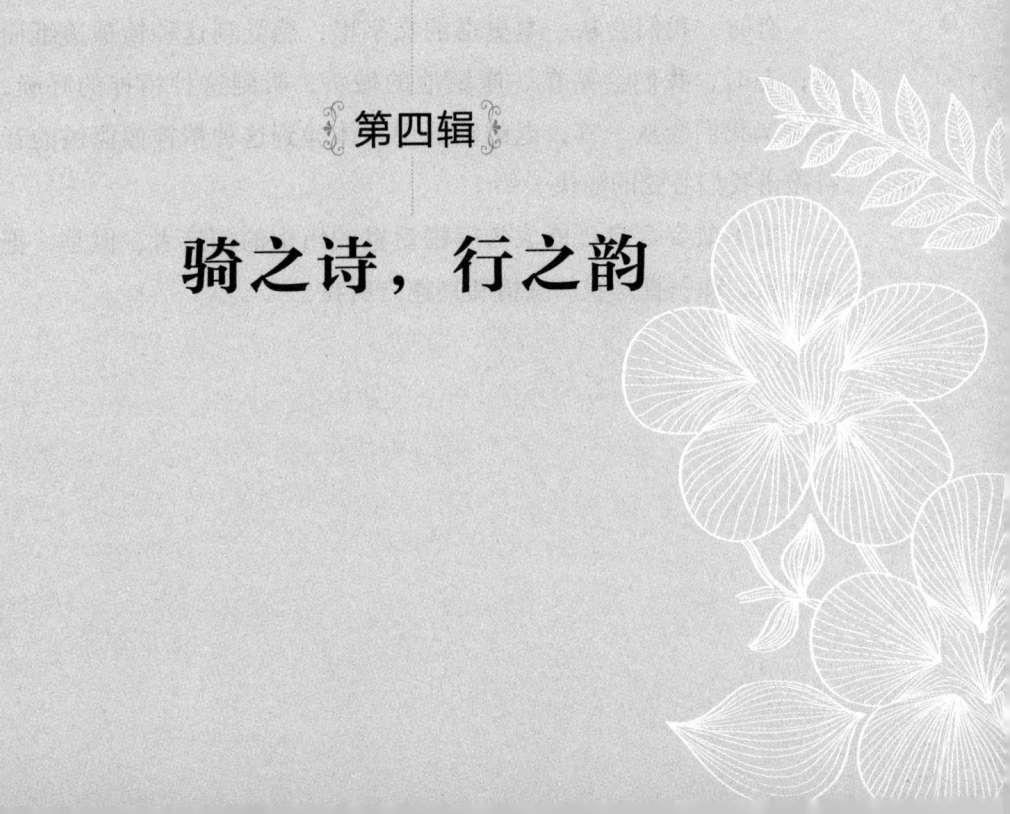

把玩历史

　　前人创造历史，后人把玩历史，在这创造和把玩之间的时空里，有一种无形的波频，让创造者和把玩者的灵魂震颤在同一个节律中；那些曾经感动过创造者的东西，也一定会让把玩者的心灵为之燃烧，这就是不会随着时间的流逝而消失的某种人类共同景仰的精神！

　　有时，我们会从一本史书的文字里，感受到这种精神透纸而出；有时，我们会站在一座城池的城头，听到这种精神的呼唤；有时，我们会从一首古老的颂歌中，体验到这种精神像铿锵的音符敲击我们心弦的畅快⋯⋯

　　咱不敢妄言自己能成为辉耀后世的历史的创造者，但是，把玩历史，却一直是我的激情和兴趣之所在！

南塘湖畔的遐思

许多人喜欢人多热闹,我却喜欢独行;骑行,本来就是一支用双脚弹奏的运动进行曲,踏出的节奏,应该是在我们的心灵与自然和谐融溶的节点上,所以,在这样的节奏中,我们既能感受到身心的舒畅,又能尽情地享受大自然的曼妙;缓急由心,走停任己;景色焕处随手拍,灵感涌来信笔书……

人多的时候,能这样自由自在吗?

第一天出门是顺风,这对骑行者来说,已是很幸运的事啦。春风像孩子一样恣意地在原野上嬉戏,春意正借着杨柳新抽的翠芽张扬着自己的存在;麦田泛绿,野花盛开;天地之间升腾的阳气,直透人魂魄,壮人胸臆。

路过庄子的出生地蒙城的时候,我不禁想起了两年前和朋友第一次骑行这里拜谒庄子祠,那时,我还是个菜鸟,百十公里的路程,竟然半路上便累得崩溃了,是朋友打电话让他的朋友开车来接回去的。这次路过蒙城,依然余勇可贾,直到黄昏时分骑到一个叫楚村的小集镇上才休息。

第二天起床,吃了早点,又买了几个烧饼,备作干粮。一上路,才发现呼呼的东南风,几乎是迎面而吹,草木皆望风而靡,骑车人又怎敢与风较劲呢？那就悠着点骑吧！路上休息的时候，一个骑三轮摩托车的小伙子停在我的旁边，他笑着问我："大哥，从哪儿来？"我说亳州。他说："我也是亳州的。"路遇老乡，自有一种亲切感，他说他也是一个骑行爱好者，便相互留了联系方式，他说他去淮南给朋友送东西，就告别了。

到达凤台的时候，才过11点，就准备到达15公里之外的寿县再吃午饭。在淮河大桥上，遇一骑行的小伙子，便招手问好。小伙子非常热情，他问我去哪儿，我说去寿县，他说："正好，我去蔡家岗，我带你到去寿县的路口。"可到了路口，小伙子提议说："我想先去八公山看看，你也去吧，从淮南那边进去，翻过八公山，可以直达寿县。"

我一听去八公山，翻过山还可到寿县，顿时来了精神。出了凤台县城，一路东南，正与强劲的东南风迎头相遇，只见此时，树摇枝啸，眼望前路，畏怯之心萌生，但又不想在小伙子面前示弱，便紧随其后，奋力踏车。他是生力军，我可已到了强弩之末啦，追了他几公里，后劲难随，渐渐拉开距离，小伙子不得不也放慢节奏。约一个小时后，我们在一个叫南塘村地方找到了进入八公山的路，一路狂蹬，骑到南塘湖边，这里山水相映，景色奇美；我看小伙子并无在此停留之意，再加上我肚中也饿得要命，便说："小伙子，看来我跟不上你了，并且，已饿得双腿无力，你先走吧！谢谢你把我带到这么美的地方！"

告别了小伙子，我便坐在高高的湖岸上，来了一顿痛快淋漓的野餐，一边吃，还一边把眼前的美景摄入镜头。群山环抱之中，能有这么一个澄莹明澈的湖泊映入眼帘，这简直就如男人丛中，骤然看到一青春美少女，正忽闪着一对明眸注视着自己，那份心动哪里是"喜悦"二字所能形容的呢？虽然知道自己根本就无望挟得美人归，但是，从那心海深处荡起的涟漪，还是能让你独自陶醉一阵子的……

望着水净泊明的南塘湖，我忍不住想，如果我能在这湖边拥有一间茅屋，背依青山，面向绿波，静时而读，兴来而钓，该是多么让人幸福的事情啊？忽然，几辆呼啸而过的小车把我从幻象中惊醒，便自嘲般地笑了笑，这一笑竟来了灵感，即顺口吟道："人生本如幻，大千亦似梦；代代风流事，何处觅影踪？现实归现实，憧憬归憧憬；不是大山主，却得山色明；吟破李白诗，岂如踏车行；济胜天地间，万象入心灵！"

吟罢，"呵呵"一笑，继续向大山深处骑去。

寻路

　　骑过南塘湖，顿觉山幽林密，偶见花灿其间；路上小车不是太多，三三两两的游人，倒是不绝于道。骑上一个漫漫长坡，遥见一山顶之上，有一造型奇特、高大惹眼的塔碑，知道那一定是八公山公园的招牌式建筑，便向前猛蹬一阵，坡更陡，人已乏，只好推车而上，转过一个山角，便来到了那个写有"八公山地质公园"字样的塔碑之下……

　　坐在塔下的椅子上休息，接着便对山景就是一阵狂拍。完了，问坐在我旁边的一位妇人："大姐，去寿县的路怎么走呢？"老人说："我知道公园里有一条路，翻过山，就差不多到寿县的城墙下了。"于是，便来到公园门前，对守门的小伙子说："穿过公园去寿县，可以吗？"小伙子挺干脆地回答："不可以！"我说："我买门票进去可以吗？"他说："根本就没有路，你买门票，也不能专为你开条去寿县的路啊？"这下，我傻眼喽！再问一个当地人，他说，本来是有路的，可开发公园时，把路给封了。

　　只好原路退回，准备再从凤台去寿县。这一回头，可是一路下坡，风驰电掣一般，在一三岔路口处，遇一当地骑三轮电瓶车的老乡，便拦下他问道："这一带可有去寿县的小路？"老乡非常热情，他笑了笑说："小路有，还不止一条，我们当地人，从哪条路都能过去，只是你一个外地人，乱走，恐怕会迷路的。"

我说："那怎么办啊？"老乡说："我给你指一条路，你去碰碰运气吧，你顺着我走的这条路一直向前走，看到左边有一路口，你从那里下路，会遇到有几户磨豆腐的人家，他们都知道这条路，因为他们往寿县送豆腐，都走这条翻山小路。"

步着老乡的后尘，顺着这条不知通往何处的柏油路默然前行，山里除了呼号的穿林风，难见一人一车，踽踽而骑，心中还真有过一刹那的发怵，想想一个大男人，又有什么可怕的呢？骑了一会儿，果见路左一条沙石小路穿越桃林伸向远方；骑在林中，竟然看到一方挺大的水塘，与水塘相对的山坡上，还有许多人在野炊。正走之间，突然听到有人喊了一声："王老师！"我下意识地"嗯"了一声，下得车来，后身的桃林中，钻出几个年轻的男女，其中一个小伙子说："老远就看到你骑车过来了，我是你路上遇到的那个亳州的小马啊！"

真是他！我说："你不是去淮南了吗？"他说："是啊，这里离淮南挺近的，就和几个朋友来玩了。王老师，你这是去哪儿？"我说我在找一条去寿县的翻山小路，他说："你一个人，敢钻山里去啊？迷路了怎么办？"我说："不怕，反正这山也不是太大，我车子上还有指南针呢！"他和他的朋友都笑了，其中一个很漂亮的女孩说："王老师真是独行侠啊，让人佩服！"我痛快地"哈哈"一笑，便和他们告别了。

继续往前走，遇一户人家，一条铁链拴着的藏獒对我狂吼，那铁链我觉得随时都有断开的可能，真让人发怵！我只得站在路上高声喊："喂，有人吗？"一个端着饭碗的女子出来，我说："听说这一带有条去寿县的小路，你应该知道吧？"女子用手中的筷子往我来的方向指着说："你回头走100多米，就能看到那条小路了。"

山中迷路

　　一直都觉得自己是天底下最幸运的人，这次亦不例外，你看，在经过那个瞬间便会骑过的关键的三岔路口处，上天偏偏就在这个时候，为我送来了一个愿意为我热情指路的骑电动三轮车的老乡，不然，哪能享受到一次独自穿越八公山的快意之旅呢？更幸运的是，第二次停车在山民人家问路时，那路就在身边的不远处呢！

　　村妇指的这一条翻山路崎岖坎坷，碎石嶙嶙，再加上都是爬坡，车子根本无法骑稳，正好优哉游哉地步行于漫山遍野的桃林和一些杂树之间；此时，桃花正艳，处处飞红，时有蜂蝶来舞，偶闻鸟语之声；谷幽峰秀，路僻人稀，山坡之上，不时凸起一块块纹路极美的岩石，很是吸引人眼球，有些岩状诡异，觉得很是适宜做假山盆景。在一处美石前，正端着相机，准备摄入镜头之时，忽然觉得身后窸窣有声，下意识地回头，只见路边的桃林中有一提着镰刀的身影，顿时，一股冷气直透脊髓，那一刻，吓得我真像一只随时准备逃跑的兔子，等那身影走出，却是一个手握镰刀的村妇，她甚至连看我一眼都没看，就走过去了，呵呵，一场虚惊……

爬过一个山头，却面临着两条路，便自作聪明地选了那条稍宽一些的路，又奋力爬过两座陡峭的山头，刚下去半山腰，却见山下有一条蜿蜒的大河映入眼帘，河的两岸一片苍茫，哪有城市的影子呢？

这是哪里啊？正自迷惑，却见从一个山脚处钻出几个人来，一问才知是寿县城里的一家来踏山的人，这下，我算是柳暗花明了，他们告诉我，在那个岔路口，我选错路啦！另外那条路，直通山下，出了山，再向左拐，可以一直骑到寿县城墙之下！他们还开心地对我说："你若是顺着这条路骑下去，一会儿就可以到前面的淮河里洗个澡啦！"

路明心自喜，山幽景方异。没有了迷惑，自得一分轻松。谢过了指路人，踏上了正确的途径；山口处往往风光奇美，险道上常常最值得回味；虽然我不是帅哥，却脱不去自恋的情结，凡是我认为值得拍摄之处，便也会不自觉地支起三角架，含情带笑地自拍一番，当你把自然女神看作自己的情人之时，那份得意，怎能不从胸中悄然地流泻呢？

来时，是一直在上坡，翻过最高峰之后，便几乎都是下坡啦！上坡时虽然很慢，却可以慢慢地欣赏风景；下坡时飞快，便可以享受那一路激情挥洒的快意！美无处不在，以水一样随方就方、随圆任圆的心境去享受，世上还会有什么不自在之事呢？

出了山，便是一条宽敞的柏油马路，向左拐，一路飞奔向南，骑到淝水边，河对岸青灰色的古城墙顿现于眼底。我驻足于桥上，默然而视，我在等待着怦怦狂跳的心平静下来，因为我想在走进那扇古老的城门之时，还能听那个曾经无数次感动过我的风流时代里的风流人物，在此曾经踏响过的足音……

古城头眺望八公山

　　寿阳古城的北门，依然还是千百年之前的模样，那在岁月里风化的斑驳的城墙，展现着它曾经的沧桑。走过被踏得光滑如镜、迹陈痕老的石板路，我一步步地走进城中，登上城头，举目来路，横亘城外的八公山映入眼底，其形其势苍苍茫茫，绵绵延延，峰头不高，却别有气象，难道这就是当年，前秦皇帝符坚所看到的"风声鹤唳、草木皆兵"的八公山吗？

　　淝水从城墙脚下默然的东流，我却从那荡漾的清波里听到了一支能够撼人心魄的古老的悲歌！一代英主符坚，虽然拥有着能够"投鞭断流"的强势，但是，战争之火一旦被点燃，放火者，若被不可知的逆风所袭，就有可能成为自焚者！

　　落日西沉，夕阳正浓；我坐在古老的城头，凝神注目于远方；风，从八公山里吹来，从淝水上掠过，那风影里，是谁在舞蹈？

风流的时代，风流的人物

符坚出身于北方雄悍豪勇的西戎氏族，自幼便表现不凡，八岁的时候，竟然对身为酋长和其后建立了前秦王朝的爷爷符洪，提出为自己请个家庭教师的要求，这怎么不让符洪对他刮目相看呢！18岁，他与哥哥符法发动宫廷政变，杀死残暴无道的符生，登上前秦的皇位，从此，他的雄才大略便得以施展。

一个人的气度襟怀，往往与他的功业相辅相成。符坚即位之后，立马重用身为布衣的王猛，定国策，除豪横，布礼仪，兴儒学，惩叛逆，抚邻邦，只用十年的时间，便打造了一个国泰民安、路不拾遗的太平盛世；接着，便东征西讨，拓土开疆，破邺伐代，灭燕收凉，四方戎夷，望风而降；揽得七分天下，一统整个北方，最后，只剩下一个东晋王朝，偏安于江南……

符坚心雄志大，他的渴望是统一天下。然而，正当他要大显身手之时，文韬比管子、武略胜诸葛亮的王猛，却因操劳过度，突然病倒，临终前，特意嘱咐符坚："晋虽僻处江南，然正朔相承，上下安和，臣没之后，愿勿以晋为图。"

当时，天下便流传着这样的一句话："关中良相惟王猛，天下苍生望谢安。"

谢安,东晋的宰相;幼年,便博学多才,有"风神秀彻"之誉;入仕之前,更以"雅量高致、风流卓拔"的名士闻名天下;自从入朝为官,便以玄学治国,任贤用能,精兵强军,以拱卫朝廷。在谢安的治理之下,东晋上下团结和睦,国力渐强,苍生有望。

王猛和谢安,虽然一个是出身布衣,一个是出身望族,但他们可谓是惺惺相惜,星月互映,两人同时当政期间,秦晋两个王朝,虽然也有一些局部的征伐,但总体上来说还算是相安无事,王猛临终,还一再嘱咐符坚,不要去招惹谢安治下的东晋,可见两人既是对手,又是知音知己啊!

王猛死后的第八年,符坚终于按捺不住内心的渴望,不顾群臣的反对,决心消灭东晋,统一天下。他挟倾国之兵80余万,号称百万大军,从长安出发,直扑东晋而来,符坚的弟弟符融率前锋首战告捷,夺得东晋咽喉重镇寿阳城。寿阳一失,东晋的门户顿然大开;符融又探得,谢玄已经准备退守淮南,所以,他连忙写信对符坚说:"敌弱,乏粮,亦速战灭之,防敌逃窜。"破敌心切的符坚大喜,立即甩开行动迟缓的大队人马,只带八千精骑,迅速赶到寿阳城中……

一声叹息

　　符坚的折腾，当然早惊动了东晋的朝廷上下，特别是闻知秦军百万如洪流般直压过来，一时间，举国震惊，人心浮动，大家再看丞相谢安，却是一副安闲自在、容止如常的神态，谢玄受命率八万北府兵前去御敌，行前，想问问可有什么好办法打败秦军，谢安笑了笑说："怎样打败敌人，这是你的事啊？"

　　这句话，就等于告诉谢玄，你可以放开自己的手脚，不受任何牵制地发挥自己的军事智慧去消灭敌人！

　　再说符坚来到寿阳城后，立马派兵继续向前，与晋军相遇于洛涧。

　　正当此时，符坚派朱序带着自己亲手写的劝降书到晋军中说降，他在劝降书中，向谢玄许诺，只要投降，其谢家的富贵和地位将优于在东晋王朝，并且，谢安也将在秦廷中位列三公之尊。为什么派朱序去呢？因为朱序本是东晋的将军，几年前的襄阳之战，他苦苦守城一年余，援军畏缩不前，最终粮绝城破被俘，符坚看他忠勇，不但不杀，还让他在秦廷中任度支尚书之职，可谓是降秦的现实版。从符坚一直重用和优抚各国归降的贵族和降将来看，符坚的许诺也绝对是真诚的。但是，什么样的价码，能高于人的尊严？无奈而降的朱序，肯定也是因此而"身在曹营心在汉"，他见了谢玄谢石，不但不劝降，反而献计说："若秦军百万之众皆至，则莫可敌也。可趁其众军未集，宜在速战。如能挫其前锋，可以得志。"

谢玄用其计，大军出动，先消灭洛涧之敌，并迅速推进到淝水东岸，与秦军夹河相持。符坚带符融登上寿阳城头，望见晋军阵容肃整，斗志昂扬，他甚至连八公山上的草木，都误认为是晋军了，不禁心头一沉，用责备的口气对符融说："此亦劲敌，何谓弱也！"

两军相持，这是晋军不愿看到的，自己兵少，一旦秦军齐集，每人吐口唾沫，就会把晋军淹没了。于是，谢玄派人对符坚说："你率军深入，宜速战速决，却又与我隔水布阵，这难道想打持久战不成？你若移阵稍退，使晋军得以渡河，以决胜负，岂不快哉？"符融等将军不同意这样，但符坚却自信过了头，命令："引兵少退，使之半渡，我以铁骑扫之，安有不胜之理？"

让符坚想不到的是：极力支持他南侵的慕容冲，却是在内心深处最渴望他失败、时刻不忘复国的前燕王子，而秦军十之七八都是异族的不愿为之卖命的人。前军得令退却之时，后队不明就里，趁乱朱序骑马入阵，连声大呼："秦军败了！"就这一声喊叫，正趁了慕容冲等人的心愿，后退，立马变成了溃逃；晋军乘势水陆并进，如饿虎入羊群，秦军毫无反抗之意，只顾逃命，符融想阻止，却被撞下战马，死于乱军之中，符坚身中流矢，一口气逃到淮北，才停下喘口气……

失去大势的符坚，很快也失去了控制原来北方各国的能力，各路豪强皆割据一方，慕容氏最强，很快便灭了前秦！

百战之利，往往还不足以立国。一战之失，却常常能让一个庞大的帝国瞬间崩溃；都说造化弄人，其实，造化何曾弄人？尽管我知道岁月不可能倒流，但是，站在这苍茫的暮色里，我依然会想，假如当年，也像我今晚这样立于寿阳城头的符坚，临阵之时能够谨慎一些，那么，历史又将是什么样子呢？

第五辑

骑行的大写意

峻拔的信念

少年时代，特喜欢吟咏"大泽龙方蛰，中原鹿正肥"，霸气的诗句，让人胸臆升腾，给年轻激壮的胸怀以无限遐想的空间，其出处，一直以为是源自姚雪垠的《李自成》一书，直到前不久，骑行河南项城袁世凯的故居袁寨之时才知道这气势非凡的雄辞，原来竟是出自当年13岁的袁世凯之手。

袁世凯这个名字，自我听说以来，仿佛便是一个飘自远古的遗音。最初知道袁世凯这个人的存在，是在电影《知音》的银屏上，年少的心，由于那时被蔡锷和小凤仙的充满着英雄主义的爱情感动得一塌糊涂，因此，在激情地传唱"山青青水碧碧"的同时，自然会对电影中已经背着累累骂名的袁项城，再踏一脚，以示对英雄烈女的敬慕之情……

再后来，这遗音便越飘越远，如风渐逝了，突然的一天，一个骑友告诉我："袁世凯的故居就在距我们这百余公里的地方，骑车去看看吧！不管人们是怎么评说，但他毕竟是个创造过历史的人物，是中华民国的第一任大总统，并且，还当过83天的皇帝呢！"

骑友的话多少让我有些惊异，袁世凯这个曾经在我精神的天空中轻轻划过的名字，原来竟是我的近邻啊？反正骑行，总是需要找个名头的，何妨去看看，到底是什么样的"腾龙起凤"之宝地，育出袁大总统这样的"英才"？

周末的第一天起个大早，便和骑友按地图上寻好的路线，直奔袁寨而去。中午 12 点左右，到达了有百公里远的沈丘（袁寨在项城与沈丘之间，我们距沈丘近些）。炎炎的夏日，热浪滚滚，吃了午饭，困乏不已，便找了家宾馆住下，睡至下午 3 点，两人就一边打听路线，一边前行，快到 5 点的时候，终于在路边看到一竖起的木杆上挑着一块牌子，上写"袁寨"二字，透过树丛，远远地看到青绿的乡野里，一幢幢青灰色的砖瓦结构的古建筑，映现于眼底，刹那间，一种穿越时空的幻觉，顿上心头，一座封建时代的大地主的豪华庄园，如海市蜃楼般立于苍茫的天空之下，碧翠的大地之上，恍然间，我仿佛听到了从这幽寂的庄园里传来的一声声新生儿的啼哭，透过这啼哭，我好像听到了一个声音在说："任何一个新生儿，不管其诞生于何处，都是有可能成长为国家未来的一个大总统"……

走进袁府，空落落的大庄园里游人不多，细览展室里的文字和图片，一个鲜活的灵魂刹那间透纸而出……

年少之时的袁世凯，便胸怀峰岳，志御沧海，一句"大泽龙方蛰，中原鹿正肥"，已让他的雄心展现得淋漓尽致；虽说他是生于豪富之家，也不能说他一点都不沾染纨绔之气，但是，他却有一个经得起敲打、耐得住熔炼的灵魂，尽管他两次乡试都名落孙山，连个秀才的功名都未得到，可他依然豪迈地写下："眼前龙虎斗不了，杀气直上干云霄。我欲向天张巨口，一口吞尽胡天骄（胡天骄，暗喻当时的满清皇氏）。"

人活一口气，龙踞一片云；人这一生，只要活得气贯南天，必将赢得云至景从！凡欲成就大事者，只想凭着什么运气便想达成大目标，这无异于痴人说梦！袁世凯那时虽然年轻，但他便已认识到大志气才能孕育大智慧，最终达成大心愿！凭着小聪明，虽也能让人占尽小便宜，但最终只是蝇营狗苟，雀飞难及鹰鸷！

博取功名不成，年轻的袁世凯决心投笔从戎。在军营中，他苦读兵书，悟入精髓，领兵打仗，勇武过人，很快便得到长官的赏识，被破格提拔，接着便被派驻朝鲜，以帮办军务之身，训练新兵，被朝鲜人亲切地唤作"袁司马"；当日本军企图颠覆亲华王朝之时，他临机决断，主动出击，一举稳住了朝鲜的大局；此举，深得李鸿章的赞许，年仅26岁的袁世凯，便被任命为"驻扎朝鲜总理交涉通商事宜大臣"，位同三品，其权之重，足以左右朝鲜的政局……

甲午海战失败之后，他在总结经验的基础上，大胆提出以当时国际上最先进的军事技术练兵，深得朝廷的重视，从此在天津拉开了小站练兵的序幕；为了达到目标，他可谓是殚精竭虑，事事亲临，光从小站走出的人物，就有徐世昌、段祺瑞、冯国璋、王士珍、曹锟、张勋等。在中国的历史上，这些人物都曾经风流一时，袁世凯，无疑便是风流中的风流了！

小站练兵，更是加重了他的身价，很快便跻身于朝廷举足轻重的大臣之列；此时的中国政坛，更是云谲波诡，一场变法，更是把他推到了风口浪尖；有人说，是他的告密才使变法失败，后来的历史又证明了慈禧太后在控制了光绪皇帝之后，他才出于自保，不得不密奏了康有为曾找他协助囚禁慈禧的事情……

不管怎么样，那时，虽然他基本上掌握着新军，但他的命运并不在自己的手中。三年后，李鸿章死后他才继任其职；即使此时作为一个汉臣，依然有一些满臣还能左右他的命运呢！慈禧太后死后，他被一下子解除了所有的职务赋闲在家四年，还几乎被推上断头台，就是一个例子；他不属于"六君子"之列，估计也没有像他们那样的追求、理想和信仰，他是属于周恩来评价他时所说的"大政治家"，所以，他不敢拿自己的前途和命运做赌注，也是可以理解的。任何一个历史人物的成长,并不是他们需要时代,而应该是时代需要他们;他们不过是驾驭着自己的命运之舟,迎着时代的潮流奋勇而上的人;他们渴望创造历史,可以说正是因为这个世界渴望一页页历史的丰富多彩来充实自我的冲动,在这些历史人物灵魂深处的映射而已;古人如此,近代人如此,今人也是如此,所以,每个人的创造,无不打着时代的烙印,以后人的眼光来看,这些创造的伟大中有着遮掩不住的瑕疵,尽管有这些遮掩不住的瑕疵存在,但是,谁又能无视这伟大之光的辉耀?我们常说尊重历史,其本质其实就是尊重那些创造过历史的人物。

说实话,对于历史人物,我们不能求全责备,不能把他看作道德的模范,也不能把他们当作完美的象征;作为一个从河南项城乡野的一座庄园里走出的年轻人,他能自始自终抱定"大泽龙方蛰,中原鹿正肥"的政治理想,在人生的道路上以一贯之,就这一点来说,难道不是所有年轻人的楷模吗?

徘徊在袁世凯的故居之中,万端感慨难免不回荡于胸臆;登上园中的一座小楼,临窗远眺,忍不住吟咏起袁项城的小诗:"楼小能容膝,檐高老树齐。开轩北斗小,翻觉太行低。"不是北斗小,也不是太行低,而是因为一个人的信念特别高峻雄拔啊!

烹制人生

骑行之妙，除了能得自然造化的润泽以达健身强体的功效之外，常常还会有意想不到的收获；这不，前不久，与两三骑友，本是到大约百华里远的麦仁集，去吃秘方烹制、风味独具的驴肉的，骑到一个叫魏堌堆的小集子中的一路口处，我的眼前一亮，竟然看到一标牌上赫然写着"向前100米处，伊尹墓风景区"。

伊尹，可是中国历史上与姜子牙齐名的贤相啊，曾助汤王打败夏桀，建立商朝，特别是其思想和精神更是被儒道两家公认他为元圣！作为一个读书之人，岂有不去拜谒之理？

按照路牌的引导，果见街旁有一古庙，门额上书"伊尹祠"三个大字。进得门来，三座如普通民房般大小的圣殿一字排开，特别是中间主殿门楣上写的"阿衡伊尹"四个大字，让人疑窦顿生，"阿衡"二字，莫非是伊尹的小名？就如"阿满"是曹操的小名一般？我们正在议论之时，一个一袭白衣、浓眉如剑、貌如张飞般的男子现身于我们面前，只见他嘿嘿一笑，操着典型的河南腔说："你们就别在这里瞎猜啦，看你们骑车前来，真够辛苦的了，我就来给你们义务当一回讲解员啦。我是伊尹研究会的会长，姓张，也是这座墓园的管理者。"

老张说，阿衡，是汤王封伊尹的官名，即宰相。

老张说起伊尹来真是口若悬河，如数家珍。说实话，对于他说的那些神乎其神的东西我是不相信的，大家听了也是快乐地一笑，可当他把我们领到伊尹墓前所讲的一席话，不能不让我对他刮目相看。

他说，伊尹尚在幼年便成了孤儿，有莘国国君的庖人收养了他。小时候的伊尹也像所有的孩子一样，顽皮，好打架，野性十足，庖人也是一个较有思想的人，他知道孩子的野性即灵性，如果引导得方，就能把他造就成一个好厨子，或一个人才，于是，便常常教育他说："要想做成一道好菜，就必须有好的原菜，才能做出绝美可口的菜肴来；如果这菜的本身就有问题或是腐烂，下到锅里，火候掌握得再好，做出的菜也不会好吃啊！孩子，做人，也与做菜一样，你的心之所追所求，就是原菜，原菜好，你才能发挥你的才艺，烹制出一道道让人满足舒心的菜肴啊！"

一次次的谆谆教导，终于让伊尹心有悟，他虚心向庖人学习，成了远近闻名的厨师，就连远在商国的汤王也对他充满向往之情。而此时的伊尹，也早已从烹饪之术中悟得了许多治国的大旨心要，再加上他不断地向一些智者学习尧舜之术，一个炽热的渴望在他的心中燃起，他在等待着时机，要用自己心灵深处的渴望之菜，为天下烹制一道让世人可口的大餐！

时机终于来了，趁着有莘国国君把女儿莘氏嫁给汤王之际，他毛遂自荐，自愿随莘氏陪嫁到商国，因为当时的夏桀已昏暴至极，而能有实力推翻暴君并能建立天下新秩序的唯有商国和她的国君汤王。

伊尹来到商国之后，以有病为借口，并不急于下厨，他要故意吊吊汤王的胃口，而汤王呢？早闻伊尹的烹饪之术，又怎不渴望一饱口福呢？一天，汤王巡幸归宫，伊尹特地为他熬了一盆鹄鸟羹，汤王一尝鲜美无比，大喜过望，立即召见伊尹。谁知伊尹见了汤王，便说："天下美味，数不胜数，只此一汤，大王便满足了啊？"汤王发现这个伊尹，虽是一个厨子，但一开口，便谈吐摄人，禁不住脱口说道："寡人愿听听你的意见。"

于是，伊尹为汤王历数天下美味山珍、奇果异粟，引得汤王直流口水，忍不住说道："我想得而尝之！"伊尹说："你的国小，不产这些啊！俗话说，要想到达远方的目的地，你就要先拥有千里马；大王你要是想得到这些，就必须先成了天下的帝王。当然，欲成为帝王，你就得先明白治理天下的道理；道成，你自然可以成为天子，拥有了天下，这些美味，自然就会有人供奉于你。"伊尹看汤王已心有所动，便接着说道："如今夏桀昏暴无道，天下人正翘首以望有道之君，这可正是大王用'道'之原菜，烹制一道适宜天下人口味的菜肴之时啊！"

汤王被伊尹说得大汗淋漓，身心通透，畅快地喊了一声："好！"于是，封伊尹为阿衡（宰相），而伊尹则帮助汤王成了有道之君。当然，也帮他平定了天下，建立了商汤王朝；作为一个厨子，他不但以自己的梦想为菜，烹制出了自己的精彩人生，他还以"道"为菜，帮助汤王烹制了"九州安平"这道适宜天下人口味的极美佳肴！后来道家的鼻祖老子曾在伊尹的出生地修炼多年，他所悟得的那句"治大国如烹小鲜"，其灵感亦正是来源于伊尹的"烹制"之理呢！

老张说到这里，我们几个骑友禁不住为他大声叫好！都说，凡是名人或先哲的墓葬之处，必有高士隐居，而隐居者往往对这位名人或先哲的生平事迹和著述思想的研究，因心无旁骛，神凝意贯，探其幽微，所以，能得其玄奥。此说不无道理，你看此处虽然地僻人稀，却也是藏龙卧虎！特别是张先生的那句"以自己的所追所求为原菜烹制人生"之说，又是何等精妙绝伦啊！

心怡于风中

"五一"小长假里,骑行 200 公里外的开封,第二天的中午时分到达,便开始在这座古城里转悠,当那历尽沧桑的古城墙映入我的眼帘之时,心中不禁涌入无限的感慨,置身其下,手抚那被岁月剥蚀的累累痕迹,怎能不让人唏嘘?

随后,我便骑车来到包公湖畔,徜徉一会儿,便先去开封府,再游包公祠,最后走进了博物馆。数千年的风云变幻,凝聚于文字之中,是史,亦是诗;你可以赞,也可以叹,你可以质询:"到底是谁创造了历史?"你也可以高唱:"任何一个英雄时代的辉煌,肯定是由一群伟人的光芒所照亮!"我们思也好,悟也好,每个人的成长、发展和卓越,都只能是他那个时代所造就的结果,个人的命运之曲,必须依托于自身所处现实的主旋律……

我一个厅又一个厅地转,心如一朵莲花在岁月的风中摇曳,直到工作人员喊下班了,人们都陆续离去,可我却还站在那幅《清明上河图》前,想象着当年这座皇都的盛景,嘴里虽应着走,可双脚就是不动,服务员等久了,干脆"啪"的一下把灯关了,整个大厅顿陷一片昏暗,我才怏怏地离开。

出了博物馆,我又在明净的包公湖边坐下,慢慢地欣赏着岸柳在水中的倒影,感受着她的虚幻和美丽,空灵和宁静;晚风吹过,柔枝飘飘,看她那舒缓有致的节奏,似乎是在试图与我交流,心中一喜,诗涌于胸,吟道:"清波无意拍岸头,春柳有心揖行客;

古来多少风流士，岁月琴上奏雄魄；将军仗剑铸太平，文人运笔赋昌乐；我有一曲为君弹，宫商角羽撼寥廓！"

诗心动，诗意长，毕竟挡不住夕阳西下的脚步，看看时间已近七点，浪漫还是代替不了现实，赶紧去找住处吧！这时，才发现所有的宾馆旅店的门前无不挂着客满的牌子，在一家宾馆前，一个女老板好心地对我说："开封是一座旅游城市，节假日里无不爆满，你还是去郊外找找吧，城里肯定找不到住处啦！"天啊，我只顾发思古之幽情，阅大化之美妙，竟然忽略了我是在"五一"节期间来开封的特殊情况！

我一路骑向郊外，一路问着住宿的事情，无不是客满，客满，还是客满！都快走到乡野了，终于又在路旁看到了一块被灯点亮的住宿的招牌，寻到一条巷子的深处，一问，谁知老板颇有些自豪地说："没床位啦，我30多个床位，今天都住满啦！"估计在平时，这么僻静的地方，很少会有旅客来问津的吧。

走出了巷子天已落黑，四下望望一片苍茫，向西，是刚走出来的汴梁城，已无住处可寻；向东，是50公里开外的兰考县，正处于我回家的路上。本打算在开封住一夜，第二天再去龙庭、繁塔等地转转的，看来是计划赶不上变化哟！与其露宿街头，何不赶往兰考？牙一咬，从内心里发一声："走！今日去，他日我会再来！"

给车把装上强光手电，沿着310国道向东而去，不想此时，西风顿起，一时间，草吼树啸，烟尘弥散，鼓衣荡衫，轮发如电，忍不住连声叫道："快哉，快哉！"在我看来，这场神奇的夜风，一定是上天有意给我这粗心之人的一个慰藉："不能留你住宿，便要送你一程的惊喜！"尽管国道上车流如水，车灯如织，但是，我行路边，不越白线，安全还是没有问题的；乘风而行，意快神爽，脚下稍稍用力，速度便如奔如飞；狂风如此之猛烈，说实话，如果是顶头而刮，那么，我宁愿露宿开封街头，也不会傻傻地去接受这个挑战……

大约是在九点半的光景，我便骑进了兰考城中，仰望星空，拱手而揖，真诚地道一声："感谢造物，对我如此恩顾！"

我的骑友

那天,我和同事有度骑行 120 公里开外的山东曹县,吃了晚饭,回到住宿的宾馆,才七点多些,本想和他聊聊天,谁知我冲洗之后,发现他早已进入了甜蜜的梦乡,叫他两声竟然都没醒,看着他酣睡的样子,我真想对他说:"你的变化,咋如此之大呢?"

也许你不会想到,就在一年半之前,我的这个骑友,还是一个在床上躺了近三个月、且整夜整夜失眠是常事的病友呢!病魔的折腾,让他的精神差不多已临近了崩溃的边缘!

有一次,他说:"飙哥啊,看着你一身的虎虎生气,真让小弟羡慕死了!你看我,年龄比你小得多,却是一副半死不活的样子,你可有什么养生的秘诀啊?"

我听后,哈哈大笑,说:"保持健壮是个体力活儿,你常常给躯体一些极限的刺激,她就会为你而保持着鲜活的生机。随我到乡野去骑行吧,大自然是一个最完美的宇宙能量场,我们损失的元气,能在那里得到最充分的补偿!"

有度听后,一脸狐疑地说:"你看我这身子骨,哪里是骑行的料啊?"

我听后,又一次大笑,对他说:"我们每个人缺少的不是聪明，而是勇气，是不是那块料，一点都不重要，只有敢于迈出第一步的人，你才可以在岁月里证明自己是什么料，才会有真正的未来！这样吧，你从今天开始，每天下班回家后，骑行一个小时以上，一个月后，我带你出趟远门。"

有度看来真的被我的话感染了，每天骑行不止。我看他骑的是老凤凰牌自行车，就劝他换一辆较好的山地车，他说："我还不知道自己有没有能跟着你骑行的本钱呢，过几天，我随你来趟长途试试吧，不行，我买了岂不是浪费了？"

一个月后，我带他去了附近的一座约60公里远的县城，还好，虽然路上下了雨，但到达后，他不但没感到有多累，还兴致勃勃地游了那里的景区，第二天回家，又碰上顺风，一路迅如闪电，骑行的畅快，竟让他激动得有些不能自已啦！没几天，他就让我给他参考着买了一辆山地车，正式成了我的骑友……

从此后，骑行的快感撩拨着他的每一根神经，几乎每个周末，我们都要到周边的乡下或县城转悠，开始的时候，我们骑了长途不能回家，在旅店休息，虽然都很累了，可他还是常常失眠。渐渐的，连他自己也没有注意到这失眠症不知什么时候就悄然地退出了他的夜之舞台；现在，每天骑行百公里以上，他常常会在路上把我甩到后面老远，身体之健壮，差不多赶上我啦！如今，他也常常开心地对别人说："保持健壮是个体力活儿，除此之外，没有比这更好的养生秘诀啦！"

今年的暑假，我准备骑行川藏线，他知道我的计划后更是积极地响应，这事要放到一年之前，估计他是连想都不敢想呢！

骑行麦仁店

身体是灵魂的坐骑,所以,常常让它到原野上去兜兜风,吃些它渴望中的秀草,无疑是保持它彪悍雄健的最佳选择,这样,她才可以将灵魂驮向其期待的远方……

这不,一个骑友对我说:"离我们这约60公里处有一个叫麦仁店的小集子,听说那里的驴肉,可是天下一绝啊!"

骑行,我之大爱;驴肉,我之大欲!这一箭双雕的好事对我来说,可是极具诱惑力的呢!于是,周末一到,我们俩便踏车起程,让大爱领路,直奔大欲而去!

数九隆冬的清晨,天地一片苍茫,原野上麦苗青绿,路两旁树枯枝焦;寒风未起,寒鸟不鸣,虽然空气里布满了寒意,但蹬车的力量早已将这寒意从身上驱离。一路的景色,虽算不上太美,但一想到前方驴肉的诱惑,心里倒是萦绕着不尽的美意……

中午12点左右到达麦仁店,集市不是太大,却人潮如涌,一问才知道是什么庙会。来到集市中心,路旁还真的有几家驴肉店,听说辛氏招牌的正宗,我二话没说,便买了50元的,我带了一瓶小酒,两人在一家餐馆又要了两个素菜,两碗拉面,一边吃,一边对满口生香的驴肉赞不绝口。旁边坐一老者,看我俩吃得津津有味，便问道："知道麦仁店驴肉的来头吗？"

这一问，让我和骑友两人顿时哑口无言，不得不向老者谦逊敬酒，虚心讨教。

老者说，麦仁店的驴肉，可以上溯到隋朝之前，便有辛氏一家在此煮驴肉卖，因驴子喜欢打滚，人们又称其为滚子肉。本来驴肉当时是最下贱的肉类，由于辛氏的做法独特，其肉鲜美绝伦，便远近闻名，时人赞之曰"天上龙肉，地上驴肉"。当年，昏庸无道的隋炀帝拉旱船去江都看琼花，路过麦仁店时，当地的官员奉上辛氏驴肉让他品尝，炀帝对之大加赞扬："这哪是驴肉，真乃神脯仙馔也！"随后，便吩咐那官员，要他把驴肉馆辛老板带来，做随侍御厨。当时，隋炀帝已是暴虐出了名的昏君，辛老板一听说去侍候杨广，便连夜逃走，亡命他乡了……

后来，辛氏的子孙又有人回到麦仁店经营驴肉生意，日本人占领虞城后，曾在这一带杀了不少的平民百姓，可以说人人对日本鬼子恨之入骨，恨不能食其肉寝其皮，辛氏也默默地把自己的仇恨通过生意显示出来，便把"滚子肉"的招牌改为"鬼子肉"，直到现在，我们一直还都把驴肉叫鬼子肉呢。

没想到来麦仁店吃驴肉，竟然还吃出了一段爱憎鲜明的情怀来。归途上，骑行在漫漫的原野上，望着冬天里早早西斜的日头，忍不住地想，何谓民心？天地茫茫有日月，众生芸芸有向往，这向往就是民心啊！当一个小店的老板都知道什么样的国君不能侍候的时候，那么，你就会知道民心的洪涛的流向了！

运动与青春

骑行宋都开封，回到家中已经是夜幕四合的时分了，冲澡时不经意间发现自己的腿部竟冒出了几块嶙峋凸起的小肌肉群，手摸着那硬邦邦的肉块，禁不住喜叫了一声："乖乖也，你在我身上都消失快 30 年了，咋又舍得回来了呢？"

遥想当年，那时，我还是一个中学生，在一个同学的引领下，我开始拜师学习摔跤。也许是我小时候特别喜爱打架的缘故，所以，一入门便爱之不舍，几乎每天的晚饭后，便都会和大家一起聚到那条穿城而过的河边沙滩上，一边听指导，一边轮流相摔，虽然常常弄得浑身伤痕累累，但彼此从不相互抱怨一句。一年后，我便成了师门里的几个佼佼者之一，慕名来找我磋商的人一直不断。因为我的两条腿特别有力，哪怕是金鸡独立，也一样会如扎根一般稳如泰山，所以，很快便有人送我"王铁腿"的称号……

那时，我的两条腿上，肌肉凸起，块块相连，摔跤时，钩、挂、立、挑，收放自如；遇强久持，毫无倦怠；最后，虽未摔出什么成绩出来，却也落个骨壮肌健、神清气朗的结果，这不也是一段挺耐人寻味的青春记忆吗？

工作之后，随着时光的推移，各种运动也与自己渐离渐远，不管是说工作太忙，还是说家事太繁；也不管是说应酬太多，还是说时间太少，反正借口多得是；越不运动，人便越懒；人越是懒，便越不想运动，这真是一个死循环啊！直到有一天，身上赘肉暄软，腰围三尺有三，跑步气喘吁吁，感冒月月相缠；到了医院体检，血压已超界限，心脏尚好，脂肪入肝；人虽刚过而立之年，老相却已提前显现……

拿着体检报告，禁不住悲从中来，长长地叹一声："痛莫痛兮人在心死，哀莫哀兮未老先衰，多病皆因运动少，找回青春莫徘徊！"于是，每天早起开始跑步，下午有空便去打球，假期里便去旅行徒步；寒来暑往，坚持不息，运动渐成我生活的一部分；习惯是灵魂的海洛因，一旦形成，便会上瘾，所以，早上起来不跑步，总觉得少点什么；下午不打球，心里便空落落的；特别是假期，还未到来，心便早已野啦，远方的呼唤，如一个个美妙的音符，砸在心弦之上铿锵作响，不由你不去收拾行囊……

读书十年，神明内腴；运动十年，春容晔敷。十年过来，我比30多岁时还显得神清骨俊，容貌年轻；特别是近几年里，我又爱上了骑行，几乎每个周末，都到空旷的乡村去接接地气，到附近的城市去访古探奇；长假里，便骑上月余；曾穿越大别山，远征青海湖；曾去寿春古战场寻幽，曾去曲阜孔家庙朝圣，曾到川藏线上聆听山水之曲的合奏……

这次骑行开封的路上，遇到几个来自义乌的骑行老人，其中一个老人，竟然对我的年龄发生了兴趣，他仔细地打量了我一番说："如果我没看走眼的话，你今年最多不超40岁，对吧？"我什么也没说，从兜里掏出身份证亮在他的眼底说："你自己看看吧。"他拿过身份证，也让他的几个老哥们儿都看了一遍，一个老人看了看我，说："你不会是拿你父亲的身份证在这里唬我们吧？"

我一听乐坏啦，忍不住哈哈大笑起来，我说："我看上去有这么的年轻吗？我竟然都化身成了自己的儿子啦！这是不是有点太夸张了啊？"

此时此刻，当我在明亮的灯光下看着自己腿上的小肌肉，还是有点兴奋地自言自语道："看来，曾经的青春真的又回来了呢！"

写意的骑行

自从爱上骑行以来，便渐渐地觉得它是一支人生写意的妙笔，让自己胸中的情韵和意趣在自然的大野中得以淋漓尽致的挥洒。我每年暑假里的旅行，皆以难度系数较大的探险和徒步为主，反而对周边数百公里内的风景名胜非常陌生，所以，便有了骑行蒙城，以探庄子故里；骑行芒砀山，以拜谒汉大赋始创作者们的知遇人物梁王；骑行归德古城，以感受"安史之乱"中那场守城之战的惨烈；骑行皖南，以感受天堂寨和天柱山的雄丽奇险……

我的快意骑行，还为自己带来了几个追随者，春节刚过几天，同事赵老师便升级坐骑，买了部上乘的山地车，我陪着他一起试试新车，在乡下转了转，便骑了一百多华里，他的那股兴奋劲，真比中了百万元的大奖还快乐呢！人生不患无欲，最患无趣，趣乃生命之藤上的花朵，在人生的岁月里，这花朵不一定能成熟多少为他人津津乐道的硕果，但一定能收获无数让自己怡然自醉的美丽和好心情。

元宵节过后不久，赵老师便约我周末骑行豫皖交界处的界沟集。这天，真是打春之后的第一个好天气，日朗风清，一片祥和。早起的时候，虽然还有些寒意，但等到吃了早饭后9点钟时，已可脱下棉衣轻装出发了。

　　骑出了喧闹的城市，顿感旷野的清朗，阳光流泻，暖意融融，路边的树木虽然还没有萌芽，但大地上升腾的阳气显然已唤醒了杨柳的春梦，枝条上的嫩黄已经若隐若现，似有似无，如蒙纱的少女，反而更能引出你的好奇之心，忍不住要多看几眼。小草似乎还在睡着懒觉，成片的麦苗，已积蓄了整整一个冬天的能量，绿色浓郁，仿佛只待一场春雨，它们便会一跃而起。赵老师似乎对田野特有感情，他几次提议停车下到地头摄影，我也正好借机畅舒几口大自然的气息，以彻底置换残留在肺中被污染的城市里的空气。

　　在路过一个叫吴小阁的集市时我特意推车走过，我的恩师郭殿军就在这附近的一个村子里，他是我上初中时的第一任班主任，幽默风趣，大爱溢胸，如果没有他开学时一个月对小学算术知识的精心复习，使我得以跟上了中学的课程，有了自信心，那我根本就没有后来人生命运的转变，可惜他因病已经去世，我只能以这种方式表示对他的思念和感恩之情。如果郭老师有灵，看到当年被他拯救的那个顽劣的学生，现在已经成了一个还算有点出息的作家，他一定会在天空中看着我展颜而笑呢……

　　到了界沟，正赶集，街上人潮如涌，各种摊点摆满两旁，忍不住想去感受这种较为原始的交易形式，穿行其间，一种久违的浓浓的乡土气息扑面而来，泽润着心田；这里没有高档的奢侈品，只有生活的必需品，这种质朴让人备感亲切。看到一款15元一双的军鞋，好生喜欢，每天打乒乓球时穿，可是又便宜又实惠呢，便与赵老师一人买了一双。

　　看看时间，已过11点半，本想在界沟打打牙祭，忽听人说离此十多华里的芦庙镇的肘子特有风味，我们便蹬车而去。路上，饥饿的肚子"咕咕"直叫，这是不是在回应前方风味肘子的亲切呼唤？

乡野的风

乡野的风，总是浩浩荡荡，傲气十足，滚滚而来，呼啸而去，它全不管你的心思如何，只知一味地我行我素……

今天的骑行，刚一上路，就遇上了强劲的西南风，扬尘时起，枯草漫飞，路边的杨树在摇曳中发出阵阵"呼呼"的哨音；看着这样的阵势，难免不让人有些心怯。然而，一跨上山地车，变速的优势，便展露得淋漓尽致，我和赵老师调小了前后牙轮的速比，力未加大多少，却轻松地达到了十七八码的时速，登时让人信心大增；御风而行，如鹰飞鹏翔，怡然于胸。

话虽是这么说，但毕竟还是顶风，因力度比寻常大，所以，汗也出得比寻常多，过了30里外的十河集，随身携带的水便喝完了，渴意渐袭，赵老师说："我们得补充水啊，在这干风的狂吹中，没有水滋润的嘴唇，很快就会变成龟裂的土壤啊！"我说："忍一会儿，前面双沟集上，有我本家的一个二哥，让你喝个够。"

到了集上，二哥果然在家，他见我俩骑车而来，惊异地说："刮这么大的风，你们怎么骑动了？"我说："还好，我们的车子能变速，不怕，路过这里，特来讨口水喝。"二哥笑着说："哪能只喝水，午饭在这里吃了再走。"我们在二哥家喝足带足了水后，婉谢了他的强留，便又踏上了征程。

　　出了双沟集，便是一路向东，浩荡的西南风，势头不但丝毫未减，似乎还有所增加，车借风力，脚下轻轻一点，时速就飞升至22码左右，稍再加力，便达25码开外，车轮飞转，身轻如燕，心中的快意随风流泻。有一电瓶车超我们而过，赵老师得意地说："敢超我们，也让他看看我们的厉害！"于是，加大速比，人借风势，一阵狂蹬，码表指数一度提升到了35码，很快就把电瓶车抛在了身后……

　　路旁有一大块麦田，长势非常扎眼，经不住青绿的诱惑，我们推车进到田里，摆出各种姿势，狂拍一番。饮风吸绿，定格瞬间，自是日后的一段曼妙的回忆啦。

　　在油河集吃了午饭，推车准备走的时候，街上强风肆虐，扬尘漫天，生意人的阳伞，有些被刮得顺路乱跑；老板看我们往北而行，大声赞道："你们的运气真好啊！光借这风劲，吹也把你们给吹回家了，爽啊！"

敢于挑战自我的底气何来

前不久，孤骑独行千里之外的大别山，进入潜山境内之后，还没到县城，便看到路旁有一很大的路牌"由此进入天柱天"。便停车向一个老乡打听进山的情况，他看了看我说："你想骑车进山吗？"我说："不可以吗？"他一脸霸气地说："就我所知，还没有人敢骑车进山呢！"我问："为什么？"他说："骑车进山的难度太大了！这一路，全是很陡的上坡，根本就骑不动。别说你骑到35华里外的南天门了，就是骑到游客接待中心也有22华里，还不累死啊？"

因为听老乡说还从来没有人敢骑车进山，可知这骑行的难度系数不是一般的大，犹豫了一下："上不上山？"忽然，心中便接着灵光一闪："既然进山那么难，全是上坡，真走不动了，车子一掉头，不是一溜下坡，便又非常容易就下山回来了吗？"看看表，还不到四点，于是，牙一咬，便给了自己一个果断的命令："上！也许，咱就是骑车进入天柱山的第一人呢！"不失时机地挑战一下自我，也是很让人兴奋的。

老乡说的果然不错，那路坡之陡，可以说几乎都达到了30度的最大坡角，骑车而上，还没有推车行进省力呢。于是，就一边推车，一边还自我安慰："老子说'飙风不终朝，骤雨不终日'，这样的陡坡，哪能会贯穿始终呢？"然而，安慰归安慰，能骑行的路段实在少得可怜；不时地会有一辆客车或一辆摩托车，从我身边狂吼而过，有的司机老远还会减速回头看我，他们一定是因为看到在这大山窝里竟然有人骑车上山而惊奇不已吧。

然而，我很快就发现自己犯了一个极大的错误，进山时，由于脑子里只想着挑战一下自己，却忘了补充水，当最后一滴水倒进了口中之后，一种危机感顿时袭上心头：在这汗流如注的爬坡中，水才是真正的动力之源呢！一旦缺了水，不但渴得难受，更有中暑的危险，此时此刻，望着盘旋而上的坡路，怎不让人胸中有了几分怯意和彷徨呢？一边走，一边盼望着路边能出现一个商店，尽管我已焦渴难当，然而，商店终没有出现，倒是发现了几户山里人家，敲了几个门都没有人，正失望之际，还真看到了一个开着门的人家，忙问："有人吗？"一个中年妇女走了出来，问道："有事吗？"我说："我进山时，忘了买水了，现在渴得狠，能找点水吗？"山里人热情，她从屋里拎了一瓶茶出来，这一刻看到茶水真让人幸福啊！我倒了满满一大瓶，口中一个劲地道谢。

有了水，心中又充满了底气，虽然还是很少遇到可以骑行的路段，但我却在想，到游客中心，全部路程不也才20多华里吗？就是推车上去，天黑之前也能到达。哈哈，你还别说，转过了一个山角，突然呈现在面前的是一段长长的下坡和平路，飞身上车，一阵猛蹬，骑得好不让人过瘾！

说实话，整个上山之路，就这几华里可以让人挥洒激情的路段，接着还是要推车前进啊。路上，遇到一个从地里干活回家的村妇，她说："你好厉害！这路，你也能骑上来。"我笑了笑说："准确地说，我差不多是推上来的。"我说："离游客中心还有多远？"她说："还有七八里吧。"一想自己已经走了三分之二的路程啦，顿时心中为自己涌起了一阵骄横和自豪之情。我们正说着话，一骑摩托车的男子停下来和村妇说话，村妇对我说："他家是开旅店的，就在游客中心旁。"这老板也很热情，他说："看你累得，这摩托车给你骑吧，我帮你把自行车推上去。"我笑了笑说："这样的山路，我敢骑摩托车吗？"

店老板骑摩托车先走了，遇到平一些的路，我就骑上一会儿，但绝大部分路，还是要推。一个多小时后，我终于到了游客中心所在的茶庄，老板正站在路口等我呢，那几个正和他说话的人，看着我，一脸惊愕："你是骑车上来的？"老板代我做了回答；当老板接过我手中车子的那一刻，空手走在这大山深处的小镇上，心里真有一种说不出的轻松和快乐。

写到这里，我想问一个问题："知道我敢于如此挑战自己的底气是什么吗？"竟然是我可以很容易地顺坡溜回去！因为没有回不去的后顾之忧，所以，我敢一直向前，一直向前！最坏的结果，也不过是掉转车头，一溜烟儿就能回到安稳之地。

其实，人生也不过如此，如果我们知道自己回到平庸和平凡是一件极其容易的事，那么，在追求人生卓越的道路上，我们躬身向前，勇于挑战自我，还有什么后顾之忧呢？

魂傲千古，气吞河山

骑行至河南商丘，特地拜访了归德古城，站在拱阳门外，看着已被如流的岁月侵蚀的残砖斑剥的城墙，禁不住会让人想起1200多年前，在这座城中发生的一段惨烈的故事，以及故事中那些魂傲千古、气吞河山的人物……

在唐玄宗时期的那场"安史之乱"中，叛军要想达到占领江淮，从而控制天下的目的，就不能不拿下战略重镇归德，不承想，他们遇到了誓死不降的守将张巡，两军相持数月，城中粮尽，张巡派大将南霁云悄然出城，杀出重围，向临淮节度使贺兰进明请兵救援；贺兰畏怯叛军，更妒忌张巡功高于己，根本不想发一兵一卒，可他又爱惜南霁云勇武非凡，便设盛宴款待他，并对他说："睢阳（即归德古城）城破是早晚的事，救也无益。"南霁云泣曰："如果兵到睢阳，城已为贼破，我当以死相谢！"

可是，贺兰依然不为所动，并趁机让诸将向南霁云敬酒，劝他留下为自己效力。南霁云悲不自胜，掷杯于地说："睢阳兵民，已有月余未进粒米了，现在大夫你不肯出兵相救，却在此大宴于我，想想睢阳的兄弟，我怎能下咽进腹！主将派我来这里，却没能完成任务，南霁云我就留下一指，以示我与主将共存亡的决心！"说罢，抽剑自剁一指，满座皆为之惊涕。随后，便驰马出城，抽箭射中佛寺浮图，箭镞深没砖中，厉声道："待我破贼后，必灭贺兰进明，并以此箭为誓！"刚烈节气，直冲牛斗！

然而，天不佑豪雄，当南霁云趁着夜色回到城中之后不久，城池便被叛军攻破，南霁云和张巡皆死。守城之初，城中有兵民3万余人，因为饥饿，城破之时，还只剩下区区400人……

岁月飘逝已千年，英魂犹然在眼前，凛然浩气，永荡天地之间。人生在世，活的就是一种精神，死不足畏，可畏的是一个人活得如贺兰进明一样可悲可怜，虽然南霁云不曾手刃这个龌龊的小人，但是，他那足傲万世、昭如日月的英灵，早已把贺兰进明那丑恶的灵魂踹进万劫不复的地狱之中了！

立于古城之下，心仿佛在聆听着一种来自远古的声音："活着，就要有一种能让自己的灵魂站立起来的精神，人不论贵贱，居不分南北，不管我们是行走于江湖之远，还是置身于庙堂之高，都要坚守住这种精神！"是的，我们面对的归德古城也许有一天会在岁月里坍塌，但是，南霁云等英烈的精神将永远彪炳青史，辉耀后人！

骑行老庄故里

呼朋唤友，访奇探幽；三五知交，共享冬韵。无论怎么说，也都是人生之一大快乐。元旦三天假期虽短，且正值数九天，但已然不想闷在家中，准备骑行老庄故里。一呼三应，与文友秀礼、杨勇和凤云，在2012年的第一个清晨，便踏上了骑行近500华里的征程。

一、庄子故里蒙城

因为没有骑行的经验，反而对前路充满着盲目的乐观。原计划11点可以到达涡阳，以为60余公里的路程两个多小时肯定能拿下，谁知过了12点才到义门。平时总觉得自己骑车有用不完的劲，可骑行了百里之后，速度便渐行渐慢了。

此时，准备接待我们的涡阳的张梅，全家人都还在等着我们一起吃中午饭呢！过了义门不远，就见前面的秀礼与一女子一直都在同行，凤云开玩笑地说："看来秀礼有了艳遇啦！"等我们追上一看，哇，竟然是热情的张梅来接我们呢！好不让人感动。

吃了饭已近三点了。原来我们认为涡阳到蒙城只有30公里，谁知一看里程牌竟是50公里有余。骑到离蒙城还有15公里的岳坊，天已黄昏，又发现我的车子后胎没气了，走了好远，才找到补胎的修理部。骑到蒙城时，天已黑了许久。此时，杨勇的铁哥们儿陈警官正等着我们，吃住都已为我们准备好了，并且，连第二天参观的行程和用车都安排妥了。这又让我们感动一场！一天的疲乏被陈警官的热情一扫而空。

第二天，我们重点要看的就是建在古漆园遗址上的庄子祠。大门前的那尊庄子持书而立、目视远方的雕像，给人一种宁心静思的畅悦感。进了大门，我就感觉到自己的灵魂，一下子沉入了一种"道"场之中。如果说老子是哲学家，那么，庄子就是用诗的韵美来阐释了老子的"道"；老子凝重肃穆，庄子幽默恢谐；老子混沌大气，庄子洒脱浪漫；老子是太阳，庄子是月亮；他们共同演绎了"道"之完美……

午饭又是陈警官与杨勇的另外几个同学一起招待的。下午两点多，开始骑车回涡阳。

二、涡阳得识王振川

回骑涡阳的路上，经过西阳集的时候，打听到了集北七八里处的范蠡西施合葬墓。还未走出集镇，秀礼骑的车子前胎又瘪了。补胎的老人告诉我们："这个地方，古时叫西陶，就是西施与陶朱公合葬的地方。原来的范蠡墓高大如山，上有松柏成林，林中有庙，敬的就是西施与范蠡。上古的时候，又没有争名人之说，如果不是他们的墓，谁会把自己的墓地称范蠡墓呢？"说得有理。

出集镇行了一段路程后，路上果见不远处有一座覆盖着荒草和松柏的巨大土丘，走过去，墓前一条小河阻挡，只能隔水相望，默默地怀想着那段英雄风流的春秋大梦。

晚上天黑前，到达涡阳。此时，张梅联系的老子研究院的牛主任已在王府宴庄等着我们呢！又过了一会儿，来了一个慈眉善目的老人，牛主任说："这是研究老子的专家王振川教授。"原来曾在报纸上看到过一些他写的与老子等有关的文字，今日得见，正有一些问题向他讨教呢！

吃饭的时候，我问道："王老师，关于老子出生地的问题，学术界一直都认为是在鹿邑的太清宫，而您却力驳众议，认为是在涡阳的天静宫，您的证据是什么呢？"

王老师不紧不慢地说："司马迁在《史记》中明明记载'老子者，楚苦县厉乡曲仁里人也'，第一，鹿邑一带一直属于宋国；第二，涡阳古称苦县，属楚地；按司马迁的治学精神，如果是在鹿邑，他定会写老子宋人也，而不是写他是楚人也。"总之，他还说了许多对涡阳有利的考证，我们对此一无所知，只能叹服了。

第二天8点多的时候，王老师已经在天静宫门前等我们了。他先领我们看了古之绕太清宫的谷水，今之武家河；天冷极了，岸边的枯草上结着一层厚厚的霜雪。他说："老子生在谷水东之入涡口，你看，这里正是这样的地方。"

接着，我们在气派非凡的太清宫里转了一圈后，王老师把我们领到了宫外的一座较为古老的老子庙里，这里存放着许多发掘古天静宫遗址的出土文物，并且有一古碑"古流星园"，王老师说，这是老子出生地的最有力的证明，因为老子出生于流星园，这里就是遗址。

说实话，我最关心的是老子的思想，对于他的出生之地，我一直不太在意，但是，当王老师提出涡水是孕育"道"的源头，我心里一惊。他说，只有搞清了老庄的出生地，我们才能更好地来证明这个源头的存在；他说，庄子为什么能那么好地继承和发展了老子的道？正是因为他们同居在相距不过百里的涡河边，同饮着涡河之水啊！

三、拜谒张乐行故居

踏上回程时，已是 11 点了。路过张老家的时候，顺便拜访了捻军首领张乐行故居。因为大门没开，只能在外面瞅瞅院内，他们夫妇的青铜雕像英姿飒爽地立于枯草遍地的院落里，极其扎眼。看着张乐行的夫人佩剑站在他的身旁，一副侠女的妙姿，我开玩笑地说："这肯定不是张乐行的第一任妻子，因为原配都比较老成持重。"凤云笑着质问道："你咋能这样怀疑人家的品德呢？"

正说话间，有一村民在附近溜达，便问道："乐行身边的女子，是他的第几任妻子？"村民笑道："他的大媳妇是农村妇女马氏，从未加入过军队，这是他的二媳妇杜金蝉，行军打仗，出谋划策，可厉害啦！"我们听后，哈哈一阵大笑，我说："这哪里是品德的问题呢？那个时代允许人家娶小老婆吗？"

中午饭是在义门喝的羊肉汤，尽管能量补得很足，可那车子却是越蹬越沉，直到天黑透了才回到家中……

这次骑行三天，累是累点，却回味无穷，也为下一次的骑行积累了一些经验。

宛丘之上，一画开天

秋冬之交，水凉露冷，与友结伴，骑行百公里之外的淮阳，古称宛丘；《诗经》中，还载有一首以《宛丘》为题的情诗："你像狂野奔放的火焰，舞于宛丘之上，我无望地爱着你，心被火焰深深的灼伤……"

那个已在诗中活了数千年的宛丘少女，我此次的寻访是否还能在宛丘之上，觅得她翩然而舞的身影妙姿？

一路顺风，下午两点多钟便骑到了城东的龙湖边；一眼望去，烟波浩渺，芦苇瑟瑟，风荷已凋；岸畔水滨，可见一些垂钓之人，频频落钩抬竿；湖边遇一漫步的老者，敬而问曰："宛丘今在何处？"

老人家看了我们一眼说："今日的淮阳，即古时的宛丘啊！"

我说："这个我知道，《诗经·宛丘》中有'子之汤兮，宛丘之上兮'，我想知道的是诗中这个具体的宛丘啊。"

老人呵呵一笑说："你们还真问对人了，一般的人还真不知道。"说罢，他用手一指前方不远处的一个凸入湖中的高地说："那里便是。这个高台，曾经是古人聚会社祭的地方，但是，更重要的是中华文明之火就是从这个高台上点燃！"

老人的话，让我暗暗震惊，忍不住说道："老人家出口不凡，一定深谙此台之奥秘，可否给我们点拨一二啊？"

老人说："上古之时，伏羲作为酋长，携本族之人，由气候干燥的甘肃天水东迁，行到此处，被浩瀚的水波拦住了去路，临水有一凸起的高台，伏羲见后喜欢异常，便称其为宛丘，他的族人，也便在此丘一带安顿下来；伏羲除了教他的族人渔猎稼禾之外，最有兴趣的事便是置身宛丘之顶，上观天文，下察地理，近观诸身，透过森罗万象，推演大化运数，苦思宇宙何来，深究自然之源，终于，灵悟鸿蒙一元，幽感阴阳之变，混沌始开，大千乍现！这样的灵感，让伏羲激动得不能自已，他用树枝在地上画出了长长的'一'字，惊呼太极（鸿蒙未辟时的一团元气），接着又在这个'一'字之上，画了两个并排的短一，观图浩叹阴阳（推动宇宙千变万化的两种力量）！伏羲的灵门一开，创意便纷至踏来；画八卦，定乾坤；再绘太极之图，妙演造化之道；从此一画开天，奠定了龙族'道'的信仰之基；仓颉依之，创汉字，铸成炎黄子孙大一统之雄魂；李聃依之，著《老子》，以彰华夏智慧之光焰；孔丘依之，留《论语》，以显神州伦理之臻美……"

老人的话，真有夺魂荡魄之力，让我们对他钦佩不已，唏嘘之时，老人说："昔日美艳巫女荡舞的宛丘，如今，为了纪念伏羲一画开天的伟大创举，已改名叫画卦台了，你们去那里转转吧，也许还能感受到当年伏羲的浪漫和风流呢！"

告别了老人家，我们沿着湖畔推车向画卦台走去……

保持灵魂与肉体的鲜活

许多年前,我曾经有过这样的一个梦想:若能拥有一辆私人轿车是何等的时尚,何等的风光啊!

然而,作为教师阶层中的一个,不管心存多么强烈的奢望,如果只凭着薪水,那么,这风光,这时尚,似乎永远与自己无缘,只能是远远地望望别人开车的风光而已……

近些年来,随着工资的不断提高,轿车价格不断跳水般地下跌,仿佛一夜之间让曾经的奢华变成了触手可及的现实。

一天,妻子说:"你看别人都买了车,多风光啊,我们也买!你明天就报名到驾校学习吧。"

我笑了笑说:"我现在和以后的梦想,是骑车旅行,双脚驱动车轮,满天下地转悠,我怕学会了开车,经不住诱惑,放弃了骑行。"

妻子说:"艺多不压身,学会了开车,与骑车并不矛盾啊!"

我说:"听起来不矛盾,如果连这个不矛盾都不让发生,我的骑行才纯粹,不然,这个不矛盾,可能有一天,我心血来潮,就变成了矛盾和纠结,你还是让我活得简单一些吧!"

妻子说:"你真够固执的,一点都不知道变通!"我说:"有些坚守，比变通更难；我还是坚守靠燃烧自己的体能来驱动车轮吧！"

妻子看摇不动我的固执，就自己去学驾驶了，就这样，我从此有了一个家庭女司机。

不可否认，轿车的速度改变了生活的节奏。但是，也让路上的一切风景都变成了浮光掠影，而我一脚一脚地踏车骑行，慢是慢点，却可以让心灵融入这一路的风景之中，跑得太快了，就把自己的灵魂甩到了身后……

或许，有人会说："你真是傻瓜一个，骑车不累吗？"

呵呵，这才是我最终选择骑行的症结，我所渴望的就是能像一只矫健的雄鹰，无所畏惧地展开自己苍劲有力的双翅，驾驭着清风，盘旋于自己渴望翱翔的天空，让轿车拉着你跑，是不累，可这渴望能成为现实吗？

时尚也好，风光也好，都是给别人看的、充满虚荣的，褪去了生命中的浮华，我们才能活出生命的真味。傻傻地生活吧，我就愿意这样，来保持着自己灵魂与肉体的鲜活！

后记

骑之韵

我们不是牛仔,却比牛仔更潇洒;我们胯下不是骏马,却比骏马更彪悍;我们没有牧场,却能激情豪壮地游牧天下!

双脚踏出驰荡的节奏,两轮浩唱激越的歌谣;心灵之诗,需要山籁水韵的浪漫,以彰华美;生命之曲,需要雄浑大气的旋律,以寄风流!所以,为了酣畅淋漓地享受身与心的和谐共舞,我们选择了骑行!

跨上铁骥,自由如风;纵横南北,穿越西东;碾破阔野之烟尘,健我筋骨;痛饮山川之灵气,养我精神;历阅大块之文章,润我心魂!

跨车上路吧,让我们骑出生命的鲜活,骑出生活的创意,骑出超俗脱庸的轻松,骑出物我交融的快慰。这正是:

"天地召我以大美,万象引我入禅机;铁骑随心御八荒,胸孕逸思抒传奇!"